EL
DíA DEL
GUAJOLOTE

EL DÍA DEL GUAJOLOTE

Regina Moya

Para:

Juanma,
Manuel,
Andrés
e Isabel

Para que nunca dejen de hacer lo que
les gusta hacer

¡Adelante, que la vida es corta!

BUENO PUES, VAMOS A EMPEZAR

Todo el mundo tiene un lugar en el espacio. Yo estoy en el almacén de los escritores perdidos; departamento de mujeres, segundo piso, después de los treinta, lado izquierdo, esposas y amas de casa desempleadas, pasillo 3. Ahí me encuentras. Sufro de una parálisis de escritura que fue progresando; comenzó siendo una pequeña pausa, un inocente bachecito en el camino que fue creciendo hasta ser un agujero y después se convirtió en una noria.

La palabra noria la aprendí cuando fui por primera vez a un rancho que tiene la familia de mi esposo en Querétaro. En algún lugar perdido entre las pasturas, hay un agujero como del tamaño de una mesa redonda que fue excavado hace muchísimo tiempo (el rancho es muy antiguo). Fue hecho con el propósito de deshacerse de animales muertos o de cualquier cosa que quisieran desaparecer. A este hoyo le llaman la noria. El agujero es tan profundo que cuando echas una piedra, la oyes tocar el fondo varios segundos después de arrojarla.

La primera vez que vi, horrorizada, esta dichosa noria a la que nadie parecía prestarle mucha atención, bombardeé a mi esposo con preguntas como: "¿A nadie se le ha ocurrido bajar con cuerdas rapeleando con linternas para ver qué tanto se encuentran ahí dentro? máquinas viejas, cadáveres de personas, algún tesoro... ¡un cofre lleno de pesos antiguos!"

Juan Manuel me dirigió esa mirada que me echa a cada rato como si le estuviera hablando en un dialecto extraño y tuviera que concentrarse en descifrarlo. "¿Para qué iban a echar un tesoro a la noria?", "¿Yo qué sé?, Algún lío de herencia... ¿Saben la historia de los antiguos dueños? Seguro que hubo envidias, disputas y amoríos secretos".

Me impresionó de tal manera este misterioso agujero que lo estoy mencionando varios años después, comparándolo con un hecho desafortunado en mi vida. Escribí mi última novela hace casi diez años; para mis hijos eso es una eternidad que no pueden ni imaginarse. Para mí, diez años se fueron como agua.

¿En qué momento me convertí en una señora casada y con tres hijos?, ¿En qué momento empezaron las personas a dirigirse a mí tan educadamente con un: *¿Disculpe señora...?*

No hay camino más rápido para la ansiedad que privarse de hacer lo que a uno le gusta hacer. La gota que me está derramando el vaso son los sentimientos psicóticos que me brotan últimamente. Por ejemplo, cuando leo buenas frases en libros, en lugar de disfrutarlas como lo hacía antes, me despierta un sentimiento tenebroso de envidia hacia el escritor... *¡Carajo!....esto yo ya lo había pensado...este señor me robó la idea.* Y claro, asumo que mi brillante idea se fue levitando por el universo hasta que alguien menos desidioso que yo la atrajo con el imán de su talento y se la apropió de repente.

Derrotada y cargando con la terrible aburrición de no haber escrito una novela en tanto tiempo, decidí por fin enfrentarme al tremendo, terrible y temido gigante de la desidia que me ha dominado todos los días, todas las horas de mis días durante diez años y dije: *"¡Ya no más! Me niego a morir en este estado nauseabundo de vegetal literario. ¡Escribo una novela y punto!".*

Me puse una fecha límite. En menos de un mes la novela debía de estar al menos empezada.

Ese día, el día que le di "primera llamada" al demonio de la desidia para que dejara el nido que había fabricado en mi mente, era 27 de octubre.

Tenía un mes exacto para agarrar sus chivas y largarse patitas a la calle. Mantuvimos una estable relación una década de vida, pero todo tiene un principio y todo tiene un final.

Mucho ruido y pocas nueces. Pasaban los días y la pantalla de mi computadora me miraba con su blanco retador hasta que me ardían los ojos y la cerraba. Pasaron semanas y nada. Llegó el 27 de noviembre y la pantalla seguía en blanco. Ese día era mi último tren, mi fecha límite.

Abrí la pantalla la madrugada del 27 de noviembre con un malestar en la boca del estómago. Hoy no tendría tiempo de escribir. Las únicas horas que tenía en la mañana las emplearía en ir a la corte a pagar una multa por manejar a exceso de velocidad.

En esta carrera de resistencia donde yo misma había puesto las reglas del juego, había perdido.

Como buen perdedor, le entregué furiosa mi derrota no a la desidia, sino a otro demonio, porque reconocí que el que había ganado al final fue el demonio del miedo.

CORTE MUNICIPAL, SAN ANTONIO, TX
27 DE NOVIEMBRE
(UN DíA ANTES DE THANKSGIVING)

Tres horas después, entro a la Corte Municipal de San Antonio Texas. Esta es la ciudad a la que emigramos de México hace diez años mi esposo y yo. Aquí nacieron nuestros tres hijos y aquí también me pusieron hace ocho días una multa de quinientos dólares que tengo que negociar ante un juez el día de hoy. Manejé a diez millas más de lo que debía en zona escolar, además de que mis dos hijos mayores no traían el maldito "booster seat" que asumí que a sus siete y nueve años ya no había necesidad de traerlo. Así que mi multa es triple; una infracción por exceso de velocidad y otras dos más; una por cada uno de los menores que no estaba bien abrochado. *¡Tómala!*

¡Qué vergüenza! Si yo oyera a una señora aproximarse al juez con esas tres infracciones pensaría que es una pinche vieja descuidada y que alguien debería quitarle la licencia de inmediato.

Bueno, resulta que después de todo no me van a quitar la licencia, pero sí me van a cobrar trescientos cincuenta dólares. Al menos pude negociar que me perdonaran ciento cincuenta.

En realidad, eso de "pude negociar" es colgarme una medalla falsa; con los jueces gringos obvio NO se negocia. Más bien se elige humildemente una de las opciones que ya están más que estipuladas.

Así que mi infracción no aparecerá en mi registro y esto no alterará mi prima del seguro, pero a cambio, estaré unos meses en "probation", eso quiere decir que ahora sí, pase lo que pase, por ningún motivo me puede volver a parar una patrulla hasta abril, de lo contrario me lleva la mismísima chingada.

Mientras espero sentadita, el pensamiento de culpa vuelve a mi cabeza como un asaltante con pistola en mano *¡Todavía puedes comenzar hoy la novela! Todavía no acaba el día.*

No. Desde luego que hoy no es un buen día para empezar.

Pasaré gran parte de mi mañana haciendo fila, no traigo cuadernillo de notas para escribir y el uso de celulares está prohibido, además de que tengo la mente repleta de lo que tengo que ir a comprar para la cena de Thanksgiving que es mañana. Hoy no tengo cabeza para la novela.

Qué feliz seré mañana, muy lejos de la Corte Munipal, refundida toda la mañana en mi cocina con un delantal, entre los vapores del pavo, puré de papas, elotitos con crema, jamón al horno y pay de manzana. Si cocinar de por sí ya es una de mis actividades favoritas, cocinar la cena de Thanksgiving me trae un placer similar al que mi esposo le causa ir a ver la Fórmula 1.

Pero mi cocina parece eternamente lejana en este momento. Aquí el ambiente es sofocante. Si acaso me llega algún olor es a pedo. Los segundos transcurren mucho más lento de su ritmo habitual.

Miro el reloj redondo que cuelga en la pared y fijo la vista en el segundero. Da una y dos vueltas, a la tercera se me comienzan a cerrar los ojos y mi visión se relaja al punto de desenfocarse y a ver cuatro manecillas en lugar de dos. Intento incorporarme en mi asiento y me pongo derecha, no vaya a ser que me llamen y pierda mi turno por estar dormida.

¿Y de qué se va a tratar mi novela? ¿Quién va a ser el protagonista? Tal vez si tuviera una vida más activa, si no fuera mamá de tiempo completo, si tuviera un trabajo formal... seguramente estaría rodeada de gente interesante con quien pudiera platicar. Así, qué fácil sería inspirarme y crear personajes interesantes. ¡Ahhh! una vez más el látigo de la autocompasión, ese cuento nos lo sabemos de memoria. ¿No te cansas nunca?

Estiro el cuello, cierro los ojos y suspiro. Del silencio tedioso de pronto surge una vocecilla aguda en español que no deja de repelar a grito pelado. Volteo a mi derecha para encontrarme a una vieja con carita de murciélago que regaña sus hijas y a su nieto. Una de las hijas trae una infracción que por lo visto va a pagar la señora cara de murciélago y eso la pone furiosa.

El pequeño nieto, de unos dos años, se arquea y aulla aburrido. La abuela murciélaga le echa una mirada de odio al niño y luego le grita en español a su hija: *Llévate a ese niño de aquí... ¿Ya ves lo que me haces hacer?...¡Estoy pagando por tus pendejadas!...*

Lo dice así, descaradamente como si por hablar en español nadie la entendiera, como si no supiera que en San Antonio el 60% de la población es hispana. Tiene tanta furia que se le salta una vena en la frente.

Ahí tienes a tu personaje. ¿Quién?, ¿la señora cara de murciélago? *Sí, ella.* Me detengo en esta posibilidad. Puede no ser tan mala idea. La furia de esta mujer da tema para varias páginas.

Una novelita para calentar motores, no pido más. No puede ser una novela larga porque honestamente no sé si tendré la suficiente disciplina para terminarla. *Ya te dije que no pido más.*

Pero una novelita corta sí puedo hacer. *Eso, ¡así se habla!* El tiempo de ejecución va a ser de unos meses. Me pongo fecha límite como es mi costumbre. Soy de esas personas que trabaja mejor bajo presión. Bueno, entonces a partir de este momento, corre el tiempo.

De inmediato comienzo a mirar a mi alrededor y a parpadear rápidamente, las manos me sudan ligeramente como cuando hay turbulencia en un vuelo. Tengo la misma sensación de adrenalina de cuando surge una oferta de trabajo tentadora.

Aún no muy convencida de mi proyecto, invoco a los dioses de la imaginación y los invito a que tomen posesión de mi cabeza. Cierro los ojos y visualizo a duendes y musas saltando en mi cerebro.

Hola a todos, ¡cuánto los extrañé! ¿Dónde andaban? Dejo que el universo creador siga su curso y mis compañeros de multa se convierten en personajes de mi novela.

La abuela murciélaga se llamará Obdulia porque así se llamaba una prefecta de disciplina que tuve en primaria: Miss Obdulia. No me acuerdo muy bien de ella, sólo me acuerdo de su horrible nombre y de que tenía el pelo corto y negro.

Nuestra Obdulia lo tiene largo y canoso, como vieja modorra dejada y además, insisto, que los dientitos afilados y la nariz respingada le dan un aire de roedor; y esas orejas que apuntan en pico al techo aportan una extraña onda aerodinámica al personaje. De inmediato piensa uno en un murciélago.

El papá debió de haber sido mucho más guapo que Obdulia porque las hijas, sin ser una belleza, tienen mucho mejor ver que la mamá. Una de ellas, la mamá del hijo, tiene la mirada dulce, los ojos cansados, con un tono miel. Me mira y me sonríe a pesar de los regaños de su mamá. Ya van varias sonrisas que nos echamos. Ha de pensar ¿qué tanto nos verá esta mujer? No sabe la maraña mental que estoy maquinando alrededor de ellas.

A su hijo le cuenta cuentitos en susurros, le hace animalitos con las manos, lo trata de mantener entretenido en la corte, una tarea difícil. No me puedo imaginar un lugar más tedioso en el mundo que la Corte Municipal de San Antonio. Yo también quisiera tirarme al piso y patalear. A esta hermana le voy a poner María.

La otra hermana no habla mucho. No participa ni en los regaños ni en entretener al niño, tiene mirada seria y está cruzada de brazos. No tiene mucha expresión. Se va a llamar Carolina. Al niñito berrinchudo le voy a poner Kevin, porque es típico que a la segunda o tercera generación de mexicanos en Estados Unidos ya le pongan nombre gringo. Es una pena, diría yo, pero bueno, esa ya es otra historia.

Demasiado estrógeno, necesito un poco de testosterona para balancear nuestra historia. Volteo a mi izquierda; hay un joven güero militar sentado al lado de mí. Está mirando al piso y jugueteando con un llavero. No deja de mover la pierna, ansioso. No parece estar nada contento. Lo llaman en el altavoz y se para de inmediato para aproximarse a la juez. Su nombre no tiene nada de especial, así que le pongo otro que para mí es igual de insignificante: Jack.

Jack no tiene idea que en pocos segundos se convertirá en el papá del pequeño Kevin, en el ex amante de María, en el ex cuñado de Carolina y ex yerno de Obdulia. Pobre hombre. ¿Cómo no va a estar así de nervioso?...¡tremendo lío en el que está metido!

Bueno, listo. Con estos personajes tengo para arrancar. Ahora sí, manos a la obra.

De inmediato me doy el gusto de matar a Obdulia. La mato ahogándola en el Riverwalk de San Antonio. Estaba borracha y se cayó a las dos de la madrugada del día de mañana.

Así que nuestra historia comienza en ese momento, 28 de noviembre, día de Thanksgiving. El lugar es Sunset Funeral Home, unas horas después de que encontraron el cadáver de Obdulia Martínez flotando en la zona turística del San Antonio River con niveles elevados de alcohol en la sangre.

SUNSET FUNERAL HOME

Subo con agilidad las escaleras de la funeraria. Por alguna razón mis piernas se sienten bastante más ligeras que de costumbre. De hecho, me siento con unos diez kilos menos en este cuento. Pues sí, ultimadamente esta mi novela, eso quiere decir que si yo me quiero meter a mí misma en la historia, con veinte kilos menos, lo hago y punto. Derechos de autor.

La gente es bastante grosera; me la paso sonriendo como hago cuando estoy nerviosa y nadie me saluda de regreso. ¿Estarán tristes por la muerte de Obdulia? Nadie se ve demasiado triste. La mayoría textea en su celular, otros miran al piso, aburridos.

Entro a la funeraria algo desconcertada. Busco un espejo, me muero por ver cómo me veo con tantos kilos de menos. Nadie parece inmutarse de que estoy aquí. Finalmente, una mujer hace contacto visual conmigo, muy amablemente me sonríe y pide que me registre en un libro de visitas. Me da un folletito.

- Welcome to Sunset Funeral Home. Are you here for Mr. Henry Sacramento or for Mrs. Obdulia Martínez, ma'am?

- I uhhh...- titubeo un poco.

- ¿Habla español?– me pregunta sin dejar de sonreir.

Ahora piensa que no hablas inglés. ¡Contesta de una vez! Tu personaje es Obdulia, no el otro.

- Sí, estoy aquí por la señora Obdulia Martínez.

- Sala B por favor.

La mujer me indica con la mano pasar a la sala de la izquierda. No he dado ni tres pasos y de pronto me topo cara a cara con…¡Obdulia Martínez!, no en el féretro, sino parada y observándome con esa mirada ponzoñosa de murciélago. ¿Será su hermana gemela?

- ¿Y ora tú quién eres?- me pregunta Obdulia de pronto.

- Regina.- no me parece oportuno dar más información.

Me echa una mirada de desprecio que realmente me intimida. ¿Sospechará que yo la maté? Después de una larga pausa donde entrecierra sus ojos haciéndolos más diminutos de lo que ya son, me dice con su vocecita aguda:

- ¡Ah, sí! Ya sé quien eres tú, la vieja de las tres multas de la corte.

¡Carajo!

-...la que traía a los hijos sin cinturón y encima estaba speeding. ¡Oigame, qué imprudente! A señoras como usted les debían de quitar la licencia, mija.

Bueeeno, al menos no me sacaron peda del río, "mija".

Intento mantener la sonrisa en la cara y hablar con tono pausado como cuando comienzo a perder la paciencia.

- En mi defensa, no estaban sin cinturón, sólo les faltaba el asientito del coche y sí, efectivamente sí estaba manejando más rápido de lo que debía, pero sólo cinco millas.

Espero que no haya puesto *tantísima* atención para oír que eran diez millas y no cinco. Me pone los ojos en blanco como reprobando mi argumento. Oficialmente nos detestamos. Me da gusto haberla matado.

- ¿Por qué venistes a mi funeral?

Se dice viniste no venistessss

- No estoy aquí por usted, vengo por el señor de junto... por Henry. - Improviso con naturalidad.

- El funeral del otro bolillo es en la sala de junto. Éste es el mío. No sé por qué escogieron mis hijas este lugar. Vi un panfleto en la entrada de que aquí daban descuento de Black Friday. Estos gringos, hasta en las funerarias hacen paquetes. ¿Quién va a querer velar hoy a sus muertos, a ver? Todo el mundo se quiere ir a las ofertas de los outlets... chingada...¿cómo me fui a morir el Día del Guajolote? Mi pobre familia, míralos nomás... no tienen nada de qué dar gracias hoy.

- Ya pensarán en algo, doña Obdulia.

De pronto un viejito de ojos muy azules y con las orejas más largas que he visto, se aproxima a nosotros. Está vestido con traje blanco y botas tejanas. Las botas son de piel de algún reptil exótico: tal vez pitón. Tiene un sombrero estilo cowboy y con su acento tejano profundo me dice:

- Excuse me ma'am, y'all here to see me?
¡En la madre! Es el otro muerto.

Me quedo callada y el viejito insiste.

- ¿Do I know you?

- ¿Are you Henry? - Es lo único que se me ocurre decir.

Nos miramos fijamente. El viejito Marlboro Man toma aire de pronto, se pone pálido como un calcetín. Sus ojos vidriosos se abren y con cara de horror desaparece entre el tumulto.

22

- ¿Y ora a este viejo qué le picó?- pregunta Obdulia, muy metida en la conversación.

- No tengo idea.

Pero ¿por qué estoy hablando con dos personas muertas en su propio funeral? Me siento confundida. Me asalta un pensamiento macabro. ¿Estoy yo también muerta en mi relato? ¿Me maté a mí misma? ¡Qué idiota soy! No es que estuviera más ligera por haber bajado de peso...sino porque NO tengo peso en absoluto, ¡soy un espíritu yo también! Sólo me pueden ver los muertos, como en la película de *Ghost*. ¡Madres!

CACTUS CIRCLE
EL PAVO

Por fin llegó el Día del Guajolote como llaman los paisanos por acá al día de Acción de Gracias. Por cierto, el título de arriba es el nombre de la calle donde vivo. No pongo la dirección completa porque si llego a ser famosa con este relato, no quiero que me estén jodiendo los paparazzis en la puerta de mi casa. Honestamente, qué monserga. Me mantendré en el anonimato a menos de que me toque ir a recibir un premio o algo interesante. Ahí sí, me compro un outfit y toda la cosa... nomás faltaba.

A Dios gracias estoy fuera de la odiosa corte. Voy a cocinar la cena de Thanksgiving, esa es mi recompensa por esas dos horas de tedio, por los ratos cuando me siento culpable por no darle suficiente atención a mis hijos, por sentir que les doy demasiada atención a mis hijos, por sobre protegerlos, por regañarlos, por no regañarlos, por los momentos cuando pienso que a mis 35 años aún no he aportado NADA extraordinario al mundo... pero me pongo el delantal y todo se queda quieto. Todos los demonios tortuosos caen dormidos en santa paz.

Cuando los monstruos del alma rondan la cocina, la comida no sabe igual, se sala, se amarga, se quema, se escalda.

Sumerjo las manos hasta las muñecas en un recipiente con mantequilla derretida a una temperatura perfecta; suficientemente caliente para enchinar el cuero, como cuando uno se mete a una tina de agua caliente que no quema la piel; sólo la seduce, la adormece, la consiente. Luego, con las manos cubiertas de este líquido espeso y dorado, masajeo el pavo que está aún frío. Al contacto de mi piel con la piel del ave, la mantequilla se vuelve más sólida, toma consistencia de engrudo y un color más pálido. Lo masajeo con ternura. Le platico. *Vas a ver lo elegante que te voy a poner hoy. Vas a quedar guapísimo.*

Confieso que inyectar al pavo me produce una desbordante sensación de placer. El líquido de leche evaporada con mantequilla derretida es succionado por la enorme jeringa.

Hay que jalar el émbolo de la jeringa con fuerza porque el líquido es espeso, pero no hay que hacerlo muy despacio para que no se metan demasiadas burbujas. Cada vez que el cuerpo de la jerninga está lleno, me lo llevo a la altura de los ojos y lo estudio de cerca, como si fuera un doctor a punto de aplicar una anestesia.

Después de apapachar al animal con todo mi cariño lo ataco violentamente, pinchándolo por todos lados hasta que queda como el cuadro desgarrador de Frida Kahlo de *Unos Cuantos Piquetitos*.

El pobre pavo queda acribillado, hinchado con el caldo, víctima vulnerable de mi sadismo. En este punto, al único ser que podría seducir el pobre animal sería al idiota de Christian Grey.

En poco tiempo estará dorándose en el horno y durante cuatro horas el aire de mi casa será pavo dorado y mantequilla. Un extraordinario acontecimiento, un fenómeno que sólo sucede una vez al año.

El pavo es el protagonista de la noche, todos los demás platillos sólo lo acompañan como damitas que desfilan detrás de la novia.

Si hoy hay que dar gracias por algo, yo doy gracias por levitar entre los olores de tocino, ajo y mantequilla friéndose en mi cocina. Esta es la sensación que tengo en mi relato; así me siento cuando soy un espíritu: ligera y flotando, como después de una tercera copa de vino tinto.

Ahora vuelvo a nuestra historia porque el guajolote ya está en el horno, mi marido se llevó a los niños y la bebé duerme su siesta. Así que manos a la obra.

SUNSET FUNERAL HOME

¿**P**or qué el viejito me habrá mirado con esos ojos de terror? Quiero irme a la sala A y husmear entre la concurrencia tejana pero me da pena con Obdulia, porque aunque es una vieja malvibrosa no la veo platicando con nadie más. Parece que los únicos muertos somos Henry, ella y yo. Bueno, y la recepcionista bilingüe de la entrada.

La atención de Obdulia se dirige a sus dos hijas. María y Carolina se acercan al féretro y observan el cuerpo muerto de su mamá. Se les ve discutiendo entre ellas. Más que la curiosidad de saber qué discuten las hijas, lo primero que mi mente truculenta y morbosa tiene deseos de ver es el cuerpo muerto de Obdulia. Así que ahí voy de metiche junto con Obdulia y nos asomamos las dos.

He visto sólo dos veces un cuerpo muerto de cerca así que no soy ninguna experta, pero ambas veces me impresionó el color pálido amarillento de los difuntos. Hay toda una especialización llamada tanatoestética que se dedica a maquillar a los muertos para que no se vean tan jodidos, una profesión en mi opinión espeluznante, pero enfin, hay de todo en la viña del Señor.

Me acerco lo suficiente al cuerpo, no está amarillo como hubiera imaginado. Su carita de murciélago está más horrible que nunca porque la maquillaron con sombras verdes en los ojos y chapitas rojas en los cachetes.

Me parece indignante que el último recuerdo que tengan sus seres queridos sea el de una viejita piruja vagabunda, si es que estas tres cosas se pueden mezclar. Ojalá las hijas hagan algo al respecto, por más oferta de Black Friday que haya sido, me perdonan pero esto es un insulto. Obdulia observa su carita muerta y sonríe.

- Nooombre, estos gringos sí que saben hacer un buen trabajo.

- Desde luego que sí.- le digo en voz baja.
Hipócrita.

Nos acomodamos junto a María y a Carolina. Tenemos que acercarnos mucho a ellas para escuchar lo que discuten en susurros. A la primera que logro oír es a María.

- You're such a bitch, pinche Carolina.- dice María.

- Pues a ver, do you have a better idea?

- Pues no, I mean, you're the one that comes up with the ideas.

- Ahí 'stá, so let's just do it, man. Total, si no

sale, pues no salió y nos quedamos en las mismas.

- Pero pos, how much could we get?

- Five grand de perdida, pero tú pide ten.

- ¿Ten?

- Este asshole no te va a pagar un fucking penny para mantener a Kevin. Ta' bien bueno pa'l revolcón pero a la hora de pagar los platos rotos, he runs off al Army ¿no? That's just fucking great!.

Al decir esto último, los ojos de Carolina se encienden con furia. Obdulia mira a las hijas con ojos sorprendidos.

- Y ora estas chamacas, ¿qué andan tramando? – pregunta Obdulia al horizonte.

- No tengo la menor idea, doña Obdulia.- contesto como si la pregunta hubiera sido dirigida a mí.

- Ay estas escuinclas, cómo dan lata. Una que anda de cizañosa, la otra que anda de borrego y que le sigue el cuento.

Todas volteamos a ver a Jack, que está igual que como lo conocí en la corte, con su uniforme de soldado, jugueteando con un llavero y moviendo la pierna de atrás para adelante con gesto ansioso.

Viene con sus papás por lo visto, los únicos americanos en la sala B igual de güeros que él, sentados junto con cara de confusión. Jack se siente observado y se para de su asiento de pronto para reunirse con María.

- We need to talk.- dice Jack en voz baja.

Carolina lo mira y con gesto de desaprobación susurra *¡Vaya, was about time!* Se va a sentar a otra parte y deja a María y a Jack solos.

- María, please. Look, I wanna help out.

En este punto voy a seguir narrando las conversaciones en español sólo porque el relato está escrito, en su mayor parte, en español, pero eso no quiere decir que Jack o sus papás o cualquiera de la sala A supiera hablar español, es sólo para fines prácticos de la lectura. Pero hay que imaginarse que hablaban en inglés.

- Mira Jack, no me tienes que decir nada. Nunca te importó Kevin. Nunca lo habías querido conocer.

- Ya te he dicho que lo siento. Estoy dispuesto a pagar toda su educación.

- Me has dicho eso varias veces, pero yo no veo ningún depósito en mi cuenta.

- Ya lo sé, pero tenemos que ser pacientes, sólo tengo 22 años.

- Y tus papás ¿qué? Muy Alamo Heights pero no cooperan en nada.

- Ellos me han dicho que no van a pagar por mi error. Yo lo tengo que hacer solo.

- ¡Ay sí! De pronto muy responsable.

- Ojalá pudieras creer en mí.

- ¿De dónde vas a sacar el dinero para la educación de Kevin?

- Estoy haciendo una carrera en el ejército. Voy a ser un doctor.

- ¿Y yo hasta cuándo voy a ver el dinero en mi cuenta?

- Cuando Kevin tenga que ir a la universidad.

- Y mientras tanto ¿qué?, ¿Crees que la comida no cuesta? ¿Que el seguro no cuesta? ¿Que la ropa y las pinches medicinas son gratis?

- María, me gustaría poder ayudar pero no puedo, no tengo nada.

- Si tus papás no pueden cooperar con el gasto, voy a meter una demanda. Tengo una cita el lunes con un abogado.- dice María desafiante.

- No tienes que hacer eso, sabes que ya de por sí estoy bajo la mira. Tengo que tener un record limpio de demandas y de sanciones. Si me meto en este lío, me pueden correr del ejército y podría perderlo todo.

- Ese no es mi problema. Mi hijo no va a pagar por tu pendejada de haber vendido marihuana en high school. O me depositas diez mil dólares por estos dos años que te desapareciste como cucaracha o meto una demanda en tu contra el lunes.

- ¿Me estás amenazando?

- Por supuesto que sí.

Jack se va al lado de sus papás de nuevo, habla con ellos. Se le ve preocupado y con la mirada fija en el suelo. La madre se cubre los ojos y el padre se retira a la ventana con brazos cruzados y respira hondo.

María se le queda viendo al cadáver de su mamá y se echa a llorar sobre el féretro. Yo creo que es más el nervio de haberse enfrentado a Jack que el dolor de haber perdido a su madre, pero es eso sólo mi opinión; ultimadamente ¿yo qué pitos toco en el dolor ajeno?

Obdulia se acerca a María, se le para enfrente y aunque ella no la ve, le levanta el dedo índice a la altura de la nariz en señal de regaño.

- Mírate nada más escuincla maleducada. Yo no la crié así, no puede andar amenazando a ese pobre muchacho de demandarlo. Es SU responsabilidad y usté tiene que sacar adelante a Kevin como yo las saqué adelante a ustedes dos. Les di un buen ejemplo de madre soltera y al mal tiempo le di buena cara.

- Ay amá, míreme; estoy acabando amargada y sola como usté.

- ¡Oye nomás a esta muchacha! ...¡de sola nada! Bastantes pretendientes tuve para su información.

- Pobrecita amá, siempre estaba usted tan enojada. Por favor líbreme de acabar así.

- ¡Ah pinche escuincla cabrona!

Obdulia me mira de nuevo como haciéndome parte de la conversación y me pongo un poco nerviosa por andar de metiche.

- Mira nomás, estas hijas malagradecidas, les da uno toda su juventud, toda su alegría y mira nada más cómo se acuerdan de uno.

- Doña Obdulia, ya sabe como son los jóvenes

a veces, no se lo tome a mal.- le digo, tratando de no meterme mucho en la plática con su hija.

- Bueno y tú ¿qué?, ¿no venistes a ver a tu muerto?
Viniste, no venistesss

- Sí, claro.   Sólo quería pasar a saludarla, doña Obdulia.

Obdulia baja un poco la guardia y suaviza su tono de voz. Puedo notar por primera vez hasta una ligerísima sonrisa.

- Bueno pues si te aburres de andar por allá, te vienes patrás. Yo aquí voy a andar, mija, por lo visto no me voy a andar yendo a ningún lado.

Obdulia se acomoda en una silla y entrelaza las manos, se pone a mover los pulgares en círculos como si estuviera enrollando un estambre.   Observa en primera fila su propio funeral.

Le sonrío y me voy a la sala A donde de inmediato me topo con Henry Sacramento, el viejito cowboy, quien comienza a hablarme en español con un acento tejano muy marcado.

- Yo sé quién eres. Eres mi hija.
¿Qué?

- Tu madre es Rosa, nuestra ama de llaves de

Piedras Negras. Tú eres mi secreto. Sabía que en la muerte me encontraría cara a cara contigo y tendría que pagar mis errores.

Parece que en lugar de funeraria, llegué a la convención de padres de hijos bastardos. Este viejito piensa que soy hija de la muchacha de servicio con quien por lo visto tuvo sus queveres.

- Mire señor Sacramento, me está confundiendo. Yo no soy su hija.

- Tú no sabes la verdad. No sabes quién soy yo. Soy Henry William Boe Sacramento the Third... tu padre.
Ah qué viejito más mamón, ¿Quién se llama así de rimbombante hoy en día? ¡No inventes!

- Y yo soy Regina, pero no soy su hija.

- ¿Te llamas Regina?...Regina, tienes mis ojos.
¿Tus ojos? Ya quisiera tener tus ojos azules, no inventes.

- Tienes mi nariz.
Ya párale, o vas a llegar a las orejas y ahí sí me regreso inmediatamente con Obdulia a la sala B.

- No soy su hija.

- ¿Entonces por qué estás aquí?

35

- Es complicado.- le digo mirando al techo.

- Sé que lo es y te ofezco una disculpa por lo que te he hecho.   Lo siento muchísimo. Por favor perdóname. No quiero irme al infierno por este pecado.

El hombre me abraza de pronto y puedo oír sus sollozos. Está realmente acongojado. Ojalá pudiera hacer algo por consolarlo. Me da una pena tremenda ver llorar a un hombre y más a un viejo. Pero a la vez pienso en la pobre muchacha de Piedras Negras que dejó embarazada y por lo visto bailando en la loma. *¡Pinches hombres, son igualitos en todas partes!*

- Mire, ya está. Lo perdono.

Henry me mira muy serio, con ojos vidriosos.

- ¿De verdad tengo tu perdón, Regina?

- Sí, de verdad lo perdono. No se va a ir al infierno, no se mortifique.

- ¿Cómo lo sabes?

- Pues ya sabe, ya llevo más tiempo aquí.

- ¿De verdad? ¿Hace cuánto tiempo...?

- Me morí muy joven.

- ¿Cómo pasó?

- En un accidente de coche.

- Oh my God...sigue por favor.

- Pues nada, yo iba saliendo de la escuela y me atropelló una señora que venía a más velocidad de lo que debía en zona escolar. *¡Qué poca imaginación tienes!*

- Crazy bitch!

- I know! right?

CACTUS CIRCLE
LAS PAPAS

El horno comienza a pitar con su alarma nerviosa. Abro la puerta y se me olvida hacer a un lado la cabeza. Siempre se me olvida, soy como esos perros que nunca aprenden a salirse de la zona electrificada y se dan toques en el pescuezo una y otra vez. Siento la bocanada de aire ardiendo en la cara, cierro los ojos. Después de esta ráfaga, respiro profundo: el olor a gloria en el infierno del horno. Me gusta como título para otro cuento. Lo voy a apuntar.

¿Ya había mencionado el olor a tocino friéndose con ajo y cebolla? Lo que sigue es la receta de mi hermano Alejo de las Twice Baked Potatoes; papas al horno doblemente horneadas.

Primero se cuecen las papas en agua hirviendo, pero esto lo hice desde una noche anterior, porque la papa guarda tanto calor que si las hiciera en el momento, además de quemarme los dedos, se desmoronarían con facilidad. Así que abro la olla con las papas cocidas pero ya frías; y a cada una de ellas les corto un copete transversal y con una cuchara saco el relleno delicadamente, dejándolas como cuevas.

Echo todo el relleno de las papas a la olla con el tocino y la cebolla frita y lo aplasto hasta hacerlo puré. Para contribuir a hacer la receta baja en calorías, le agrego dos barras enteras de mantequilla, una barra grande de queso crema y un queso de cabra suave enterito. Lo pruebo sólo para ver si le hace falta sal. Los sabores son tan exquisitos que despierta mi demonio de la ansiedad desquiciada, un personaje conocido en mi mente como Mephiboset quien autoritariamente me orderna comerme a cucharadas la olla entera.

Pero no ahondemos en el tema de los demonios de la mente porque este capítulo está dedicado unicamente a la papa. Sólo lo menciono porque, en general, cualquier objeto de placer que despierte a Mephiboset en mi mente, es digno de un capítulo entero.

No soy la única loca que ha dedicado unas páginas a la papa. Pablo Neruda tiene un poema genial llamado "Oda a la Papa", y estamos hablando de un genio, no me lo puedes negar.

Sólo pongo el comienzo del poema pero cualquiera lo puede encontrar en la red. Tiene otras odas excelentes dedicadas al tomate, a la cebolla, la alcachofa e incluso a un tipo de caldo que le gustaba mucho.

PAPA,
TE LLAMAS,
PAPA
Y NO PATATA,
NO NACISTE CON BARBA,
NO ERES CASTELLANA:
ERES OSCURA
COMO
NUESTRA PIEL,
SOMOS AMERICANOS,
PAPA
SOMOS INDIOS.
PROFUNDA
Y SUAVE ERES,
PULPA PURA, PURÍSIMA
ROSA BLANCA
ENTERRADA,
FLORECES,
ALLÁ ADENTRO
EN LA TIERRA,
EN TU LLUVIOSA
TIERRA
ORIGINARIA
EN LAS ISLAS MOJADAS

Y otra parte de la oda que me encanta...

UNIVERSAL DELICIA,
NO ESPERABAS
MI CANTO,
PORQUE ERES SORDA
Y CIEGA
Y ENTERRADA.
APENAS SI HABLAS EN EL INFIERNO
DEL ACEITE
O CANTAS EN LAS FREIDURAS
DE LOS PUERTOS,
CERCA DE LAS GUITARRAS,
SILENCIOSA,
HARINA DE LA NOCHE
SUBTERRÁNEA,
TESORO INTERMINABLE
DE LOS PUEBLOS.

Pensando en las palabras de Pablo Neruda, dejo la mezcla reposar un rato en el fuego muy bajo para que los sabores se conviertan en uno solo. Un tiempo después dejo rellenas de nuevo las cavidades de las papas con esta mezcla. Les devuelvo su carne, pero ahora en versión mejorada, y dejan de ser unas simples papas para volverse en papas sublimes.

Al rellenar las papas, me viene la extraña idea de poder hacer lo mismo con mi mente; sacarle la pasta simple a mi cerebro y rellenarlo de nuevo con su misma sustancia pero de una calidad superior: un cerebro corregido y aumentado de las cualidades de las que carezco. Mis sesos tendrían que ensalzarse al menos con dos ingredientes adicionales: orden y valentía; y así sería una papa muy superior a la que es ahora.

Ya rellenas las papas, las termino con una montañita de queso rallado. Ahora están listas para meterse al horno. Observo a cada una de ellas. Quince volcanes en plena erupción. Suelo hacer las cosas en números pares pero una papa que se coció de más se me despanzurró. Siempre muere el más débil: es la ley de la jungla.

Me pregunto si Obdulia murió por ser la más débil de la historia. Lo dudo mucho. Bueno, entonces corrijo; no siempre muere el más débil, si bien nuestro juego de la vida es una competencia donde tienden a tener ventaja los fuertes, un factor que puede afectar incluso más que las cualidades personales son las vueltas que nos tocan en la ruleta.

La verdad de las cosas es que no sé qué pase después en la historia.
Esto es lo mejor de todo, el suspenso del que gozo durante mi día. Cuando tengo que ir al súper, a la escuela de mis hijos, cuando estoy en el tráfico. ¿Qué va a pasar? Se me van ocurriendo cosas conforme tecleo.

¿Ves? La magia pasa aquí, sentada en mi computadora. Tenía todo esto a la mano y decidí ignorarlo. Pero ya basta de flajelos. Ahora que me estoy dando el tiempo de hacer lo que me gusta hacer, es como volver a respirar después de una larga, pero muy larga gripa.

SUNSET FUNERAL HOME

Lo siguiente que veo venir es a una mujer de unos sesenta años que a leguas se ve hispana. A pesar de estar entradita en años, tiene buena forma de cuerpo, nalgona y pechugona como buena latina y un pelo que se pinta de negro azabache igual que las cejas y el lunar junto a la boca que tiene. Puedo detectarla bien porque se metió a la sala A donde está lleno de americanos caucásicos. Un frijolito en el arroz. Seguro que viene a ver a Obdulia y se equivocó de sala. Para mi sorpresa, la señora Sacramento, una viejita que está sentada junto al ataúd de Henry se para de inmediato y abre los brazos para recibir a la mujer hispana.

- ¡Rosa! I'm so glad you're here, honey. ¡Ándale! Mira nomás quien hizo su entrada triunfal.

Es la tal Rosa de Piedras Negras. Mi supuesta madre, amante de Henry y muchacha de servicio de la familia. Por el abrazo que se dan Mrs. Sacramento y Rosa diría que fue la muchacha de toda la vida. ¡Zorra!

Seguimos traduciendo en español aunque sabemos que esta conversación fue obviamente en inglés.

44

El americano generalmente no hace ni medio esfuerzo por hablar en ningún otro idioma porque espera que el resto del mundo aprenda a hablar el suyo. Rosa habla inglés bastante bien, por cierto.

- Señora Sacramento, lo siento muchísimo, era como un padre para mí.
¡Ah! ¡Qué mentira!

La Señora Sacramento toma del codo a Rosa y se la lleva a una esquina para tener privacidad, por supuesto yo las sigo como si fueramos una sola cosa.

- Rosa, quiero hablar contigo. Henry te dejó un sobre cuando se definió el testamento. Pidió que no se abriera, está cerrado. – dice la señora con voz suave.

Rosa abre los ojos y se tapa la boca.

- ¿De verdad? Nunca lo hubiera creído. Su esposo fue un hombre muy generoso conmigo, señora Sacramento.
Sí, eso nos queda bien claro.

- Tengo aquí mismo el sobre, cuando te vayas por favor recuérdame de dártelo, es muy importante.
Hasta crees que se le va a olvidar recogerlo, si para eso vino, la lambiscona.

- Claro que sí, señora.

- ¿Cómo está la familia en México, Rosa?

- Todos muy bien, muchas gracias.

- Me alegro.

En ese momento llegan otros señores a darle el pésame a la señora Sacramento y la mujer se dirige a Rosa antes de abrazarlos.

- ¿Will you excuse me, please?

- Of course Mrs. Sacramento, go ahead.

Rosa se acerca a ver el cuerpo de Henry y se queda un rato observándolo. El espíritu de Henry se acerca a ella y trata de tomarle la mano, pero su mano la traspasa la de la mujer como el típico fantasma de las películas. (Me perdonarás pero no soy tan creativa en efectos especiales, me interesa más la historia).

- Rosa, I am so sorry for what I did. Ya conocí a Regina, nuestra hija. Está muy linda, se parece mucho a ti.
¡Y dale con los parecidos!

...quiero que sepas que ella ya me perdonó. La voy a cuidar en el otro mundo, lo prometo. Le voy a dar todo lo que no le di en el pasado y no me voy a separar de ella nunca más.
No, ni madres.

Rosa abandona el cuerpo de Henry y sale de la sala A. Se dirige a la recepción. De pronto me intriga este personaje de sobre manera. Se acerca a la señorita bilingüe de la entrada y se detiene frente a ella.

- ¿Oiga, dónde está el baño, señorita?

- Al fondo a la derecha.

¡Momento! Hay algo que aquí que no está claro. La señorita bilingüe de la entrada me indicó cuando llegué que me dirigiera a la derecha donde estaba el cuerpo de Obdulia. Siguiendo la dinámica de la película de *Ghost*, los muertos hablan con los muertos y los vivos con los vivos y no hay comunicación entre ellos a menos que haya un médium intermediario como lo fue Whoopi Goldberg. Pero este caso es confuso, no sé si la mujer de la recepción está muerta o está viva, pero puede hablar con vivos y muertos, no se si sea una médium.

La señorita bilingüe de la entrada distrae mi atención de Rosa y cuando me doy cuenta, Rosa ya se metió al baño.

Me le quedo mirando a la señorita. Después de unos segundos, la mujer se siente observada y se dirige a mí.

- ¿Puedo ayudarla en algo?

- ¿Me está hablando a mí? - Le pregunto

dudosa.

- Sí señora.

- Oiga, ¿usted puede hablar con todo el mundo verdad?

La mujer me mira con ojos de...*pinche loca.*

- Sí señora.

- ¿Y hace cuanto tiempo que trabaja aquí?

Por alguna razón me da vergüenza preguntarle si está viva o muerta. Me parece de pronto que estuviera preguntando algo muy íntimo como ¿podría saber su prefencia sexual? o ¿ha tenido usted hemorroides? Digo, hay cosas que nomás no se preguntan.

- Ya llevo varios años.

- Bueno pues, gracias.

- A sus órdenes.

Me alejo un poco de ella pero siempre mirándola con el rabillo del ojo. Efectivamente veo que interactúa igual con vivos que con muertos y es por esta razón que ahora ya no sé quién es quién. Tal vez hay muertos merodeando en ambas salas pero se ven igual que los vivos, al menos yo los veo así. Qué cosa más extraña.

CACTUS CIRCLE
EL JAMóN

Dejo el teclado de la computadora. Oficialmente lo admito: Estoy un poco hecha bolas en mi propia historia.

Moraleja: No hay que desalentarnos cuando leemos un libro y nos sentimos perdidos en la trama, puede que no sea un problema de agilidad mental del lector, como de inmediato supondrías. ¿Tú qué sabes que el mismo autor estaba medio perdido en ese punto también? Si te gusta esa lectura, confiarás en el autor, aunque es cierto que hay historias frustrantes que no tienen ni pies ni cabeza, pero prosigamos tranquilamente, porque esta historia no es una de esas.

Siento que me tengo que retirar de la computadora un rato. Este hábito me lo enseñó una maestra de pintura cuando estuve en mi etapa de pintar retratos de niños. Ahí fue donde aprendí la tarea paciente y ambiciosa de intentar copiar un rostro. Aprendí a ver más allá de una cara y a estudiar la peculiar combinación de formas, curvas, contornos, luces, sombras y matices de colores que hacen que ese rostro humano sea único en el mundo.

Lo mismo pasa con la escritura; con las palabras se van pintando de colores las páginas, se va dando luces y sombras a la trama, se va contorneando y trazando una historia.

Pero hay que ser pacientes y ambiciosos al igual que en cualquier oficio, porque a fin de cuentas, la creación también es una disciplina.

Cuando se está inmerso en una obra, uno está como hipnotizado bajo un embrujo, pero es justo en ese punto que aunque uno no quiera, se tiene que forzar a retirarse y alejarse de la obra, incluso a salirse del cuarto y no volver a entrar para refrescar la mente. Luego de un rato, de unas horas, de unos días, volver y mirar la obra con nuevos ojos.

Por ejemplo, si no me hubiera alejado nunca del retrato que le estaba pintando a Adelaida mi sobrina, nunca me habría dado cuenta que le estaba pintando seis dedos en una mano, y no era un cuadro cubista ni nada por el estilo, yo intentaba hacer un estilo realista. Increíble pero cierto. Juro que no me había dado cuenta de algo grotescamente obvio. Me queda claro que uno no ve los vicios de carácter evidentes cuando está enfrascado en su propia perspectiva.

Miro el reloj, ya sólo quedan cuatro horas para que lleguen mis invitados. Es hora de hornear el jamón.

No puedo dejar de incluir un buen jamón en esta cena porque el sabor del jamón en sus varias presentaciones: jamón con todo y hueso, (que es el que voy a hornear hoy), prosciutto, jamón serrano, jabugo, jamón de bellota y tantos otros jamones son en sí algo por lo que debería dar gracias todos los días.

No existe ningún sabor en el mundo equiparable a esta carne ahumada, salada y grasosa que hace que las papilas gustativas se pongan en un estado que bien puede ser comparado con el estado de gracia del que hablan la religiones.

Este platillo no es laborioso, el único chiste es saber donde encontrar un buen jamón. Hay que ir a las buenas tiendas, hoy no se escatima.

El paquete ya viene con el glaseado, una mezcla de azúcar morena y especies navideñas. Hay que derretir la mezcla en la estufa y luego barnizar el jamón con esta melcocha.

Dos horas en el horno bastan para que se logre la cristalización y el jamón se cubra con un armazón dorado de azúcar.

Ahora comienza una nueva etapa en mi casa, el aire se vuelve todo jamón ahumado, azúcar, clavo y nuez moscada. ¿Ves por qué insisto que todo este día es maravilloso?

Para acompañar el jamón compro tres tipos de mostaza distintos a lo cual mi esposo se opone rotundamente, dice que no tiene caso poner tres platos de mostaza en la mesa. Para él todas son iguales. A mí me parece sacrílego declarar que la mostaza Dijon, la mostaza con miel y la mostaza ahumada son una misma cosa. En un festín hay que llenar la mesa de texturas y sabores interesantes hasta hacer que el comensal se abrume de tantas opciones.

Abrumarse con tanta belleza, de eso se trata la vida ¿no?

SUNSET FUNERAL HOME

Obdulia se aproxima a la señorita bilingüe.

- Oiga señorita, ¿No ha preguntado por mí un tal señor Pete Douglas?

- No que se haya apuntado en la lista, señora Obdulia.

- ¡Canijo! Lo voy a tener que ir a buscar yo. I come back in two hours ¿okey?

Obdulia se pone su abrigo. No entiendo por qué. No he sentido ni frío ni calor y no creo que los muertos lo sientan tampoco. Hay demasiadas cosas inútiles que uno hace ya por costumbre.

No sé si deba de seguir a Obdulia y ver quién es el tal Pete Douglas o quedarme a averiguar qué va a pasar con el sobre que le van a dar a Rosa. Tengo que tomar una decisión pronto, Obdulia tiene prisa pero Rosa ya se metió al baño de mujeres donde de seguro va a abrir el sobre y yo ya no voy a saber si es un cheque, una carta o qué. ¿Qué hago?, ¿qué hago? Decido seguir a Obdulia, después de todo debo serle fiel por derecho de antigüedad, ella es mi personaje original.

- Oiga Doña Obdulia, ¿le importa si la acompaño?

- Acompáñame ándale, pero ponte tu abrigo mija, hace frío hoy.

Tomo mi abrigo y me lo pongo obedientemente, ¿para qué discuto? Salimos las dos de la funeraria. Caminamos un buen rato hasta una parada de camión, no hablamos. Nos sentamos hasta atrás. Sé que nos dirigimos al centro de San Antonio por el letrero lateral que dice Downtown. No hay necesidad de preguntarle a dónde vamos, ¿para qué quiero saber? De todos modos no voy a ir a ningún otro lado que ella no vaya y no tengo nada más que hacer más que estar con ella. Me detengo en este pensamiento. Nada más que hacer. ¿Hace cuánto tiempo no tenía nada más que hacer? No tengo que ir al banco, a recoger a los niños a la escuela, al súper o al servicio de la camioneta. Puede que me esté gustando más esta realidad que la mía. Respiro hondo.

No decimos nada, pero no es un silencio incómodo. Cada una está inmersa en sus pensamientos. Obdulia se levanta cuando el camión se detiene en la parada de César Chávez y St. Mary's y caminamos un poco más. Yo conozco bien este rumbo. Mi esposo es enamorado del centro histórico de San Antonio y trabaja no muy lejos de aquí.

Llegamos a King William, para mi gusto, la calle más bonita de la ciudad. Alrededor de 1870, se estableció aquí una colonia de alemanes y construyeron casas muy majestuosas al estilo de las fincas algodoneras de Luisiana. Toda la calle está llena de arboles que se llaman Crepe Myrtles que en el verano se llenan de flores púrpuras y rosa mexicano. Los árboles aquí son mucho más altos que en cualquier otro lado de San Antonio porque el río está cerca y la vegetación se beneficia de la humedad. La tierra es suave, negra y fértil y se siente un clima más tropical. Obviamente iba a elegir esta calle en mi cuento para que pasara algo importante.

Caminamos por King William, pasamos el parque con el kiosco. Es un día frío pero hay turistas en bicicleta andando en ambos sentidos de la calle y hay gente con sus perros paseando muy campantes. Aunque no me vean les sonrío sólo porque a mi esposo y a mí nos encanta este lugar.

Pero me doy cuenta que hay muchas personas que sí nos ven, muchas de las que están sentadas en sus mecedoras en su "front porch" nos saludan amablemente. *"Happy Thanksgiving"*, nos desean muy sonrientes. Así me doy cuenta que la mitad de la gente en esta calle está muerta. Esto no puede ser más emocionante... algunas de las mujeres llevan vestidos del siglo pasado, hay una mujer muy guapa vestida al estilo Gatsby, una pareja de hippies se asoman del jardín de una casita que parece de muñecas. Me siento caminando por Universal Studios durante las filmaciones.

Las casas son muy viejas así que no me sorprende que esté lleno de fantasmas. Estas casas han vivido muchas vidas, han sido escenario de muchas historias. Es Día de Acción de Gracias, obviamente todo el mundo viene de distintas partes para estar con sus familias. Ahora entiendo que en estas épocas los vuelos comerciales se sientan tan sofocados, no es sólo que estén repletos de vivos, también están repletos de muertos.

A la mitad de la calle, paramos en King William número 422, una imponente casona blanca de donde sale orgulloso un balcón redondo con balastros redondeados. Los techos son altos y afrancesados, el resto de la casa es de ladrillos color crema con columnas y grandes ventanales por donde se asoman candiles de cristal y cortinas pesadas. Está hecha con un detalle tan elaborado y fino que no se puede dejar de pensar en qué momento y porqué se dejaron de pronto de construir estas joyas arquitectónicas.

Traspasamos la reja de hierro de la entrada y cruzamos un jardín multicolor perfectamente bien cuidado. Pareciéramos estar entrando a una plantación histórica del siglo pasado al estilo *"Lo que el Viento se Llevó"*.

Pero en lugar de Scarlet O'hara, nos abre la puerta una mujer con el pelo estropeado por un permanente fatal y la boca pintada de naranja casi neón. Sale muy sonriente a saludarnos. Tiene arracadas gigantes, mallas multicolores en las piernas y una camiseta con un estampado de Pink Floyd tres tallas más grande que la suya de donde se le asoma un hombro. Qué pena más grande haberse quedado estancado en los ochentas.

- Happy Thanksgiving! My name is Maggy. Can I help you ladies?

- Me llamo Obdulia Martínez. Viví aquí hace unos treinta años.

- Entiendo, pero ¿por qué no te conocía? ¿Nunca habías venido?

- Me morí ayer apenas.

- ¡Ah pues bienvenida! Aquí tienes tu casa.- Maggie estira los brazos para abrazar a Obdulia, pero ella se queda tiesa con la expresión más sombría todavía.

- Esta casa dejó de ser mía hace muchos años, cuando me sacó a patadas la policía.- dice con voz grave.

- Sí, creo que supe esa historia, lo siento mucho. ¿Pero quieren pasar? No sé cómo esté la cena porque los nuevos dueños son veganos pero están hablando de algo que se llama tofu.

- ¿Cómo? ¿No va a haber guajolote?, ¿Qué

son esas pendejadas de veganos?

- Es la moda estos días, también hablan de quinoa y compran semillas que tienen proteína. Hasta a Harmony le dan de comer comida vegan.

- ¿Quién es Harmony?

- El gatito.- dice Maggy con cara de ternura.

- ¡Piiiinches gringos! ya ni la friegan. – dice Obdulia entre dientes, la vena de la frente vuelve a saltarle de furia.
¿Por qué de pronto se desvió la plática? ¿A mí qué me importa el tofu y el gato? ¿Cómo que este caserón era casa de Obdulia? ¡Por favor alguien explíqueme algo!

Maggy me voltea a ver, me sonríe y me tiende la mano.

- And your name is...?

- Regina.- Le tiendo la mano y nos damos un apretón cordial. Intento ser extra amable tratándo de compensar las jetas odiosas de mi compañera.

Obdulia nos interrumpe.

- Mire, vine porque tengo un asunto pendiente con Pete Douglas y no sé si esté aquí o no, no sé dónde más buscarlo.- dice Obdulia.

- Bueno, yo sólo soy estoy visitando a mis padres, Linda y Tony Shoemaker. Ellos fueron los dueños número once de la casa.- dice Maggy con mucho orgullo.- pero no conozco a todos.- continúa Maggy siempre muy amable y sonriente.

- ¿A todos? – pregunto y Obdulia me mira con dureza como diciéndome que no me meta en la conversación. Maggy continúa hablando.

- ¡Sí! hay mucha gente adentro. Muchos que venimos a ver a nuestros parientes, más las cuarenta y cinco personas que vivien ahí. Contando a los cinco vivos que son los dueños actuales, creo que somos casi ochenta. Va a ser un festín. Pero con gusto pregunto si está aquí Pete...¿Thomas?

- ¡Douglas!..¡Douuuglasss! - dice Obdulia casi gritando y agitando ambas manos.

Un poco sorprendida por el tono de Obdulia, Maggy se disculpa y vuelve a entrar. Me pregunto cuantos dueños habrá tenido esta casa tan vieja para tener cuarenta y cinco fantasmas viviendo ahí de planta. Me pregunto donde dormirán todos. ¿Se amontonarán por familias en cada cuarto o qué?

- Doña Obdulia, ¿ésta era su casa?

- Sólo lo fue unos años.

- Pero ¿cómo?

Obdulia me echa una mirada odiosa, luego se ríe con la garganta, como burlándose.

- Mmmmh, ya sé lo que estás pensando, mija. Piensas que cómo alguien así de jodida como yo pudo haber tenido una casa así de bonita como ésta.
Pues sí, obvio.

- No, claro que no. Es sólo que no entiendo nada y no sé ni a quién estamos buscado.

Obdulia me sonríe y respira hondo, luego mira al cielo y comienza su relato.

- Ay mija, pues ahí te va la historia, total ya estoy muerta, si lo sabe Dios, que lo sepa el mundo.

Mis padres eran gente bien sencilla, se vinieron de Matamoros sin nada más que con una chamaca de seis años. Nos cruzamos a Estados Unidos sin ninguna preocupación más que provisiones para el viaje. En ese entonces cruzarse al otro lado era cualquier cosa, no todo el pinche desmadre que se traen ahora.

Nos establecimos en Arizona, yo ahí me crié. Mis padres, como muchos otros inmigrantes, se partieron el lomo trabajando, trabajaban los dos pizcando tomates y cada vez que recibían su feria hacían un apartado para poder mandarme al college. Querían un mejor futuro para mí, querían el "American Dream". Yo fui hija única, si hubiera tenido más hermanos otra historia hubiera sido. Total que acabando la escuela, su sueño se hizo realidad y me pude inscribir a la Universidad de Arizona en Tucson. Quería ser contadora, ¿tú crees? Soy buena con los números.

Pero ahí me cargó la chingada y en el primer año de college conocí a Pete Douglas, era mi profesor de inglés. Un joven gringo, muy guapo, enamorado de la cultura mexicana que me cortejó hasta que caí redondita. Después de ese primer año de novios, lo transfirieron a UTSA, estaban expandiendo el campus de la Universidad de San Antonio, Texas y necesitaban más profesores. La paga era mejor de la que tenía en Arizona donde apenas era su primer trabajo. Decidimos cortar por lo sano y él se fue. Pero nos quedamos muy enamorados los dos. A los seis meses regresó un día con un anillo de compromiso y me pidió que me fuera con él a Texas, que nos casáramos, que él ya tenía un buen sueldo para que yo no tuviera que trabajar nunca. Yo estaba muy contenta estudiando mi carrera, pero pues ya sabes lo pendeja que es una a los veinte años. Dejé todo y me vine aquí con él. A mis pobres papás casi les da un infarto, pero respetaron mi decisión, sacaron mi dinero del ahorro y me lo dieron de regalo de bodas para que pudiera yo hacer lo que quisiera con él.

¡Imagínate nomás semejante pendejada!

Desde el primer momento me gustó más San Antonio porque era más como México. Pete me convenció de comprar esta casa, pero yo de pendeja accedí ponerla a su nombre, no al mío. Yo aporté el dinero que tenía y él también puso parte. Me dijo que era una buena idea tener el dinero invertido en un bien inmueble. Nos alcanzó sólo porque en aquél entonces en este rumbo había puro vándalo y mariguano. Las casas estaban pintarrajeadas con graffiti por dentro y por fuera, era un rumbo bien deteriorado pero él me dijo que tenía mucho potencial, que era una zona histórica y que en unos años valdría una fortuna.

Desde un principio que me pidió que dejara de estudiar debí suponer que era un hijo de la chingada. Vivimos contentos en esta casa los primeros años, pero no pasaron ni cuatro años cuando mi historia se convirtió en la típica historia de la señora pendeja, el marido mentiroso y borracho que se metió en tranzas en el trabajo. Para ese entonces ya había dejado de ser profesor y se llenó de amistades malas, le entró a unos negocios complicados que nunca entendí y nunca me quiso explicar.

La casa se estaba cayendo a pedazos... Sí, no, ni creas que estaba así de bonita como está ahora. Estaba grandota pero nombre, era un gallinero. Para arreglarla, había que meterle un chingo de lana que nunca tuvimos. Pete siempre me decía que no me preocupara, que tuviera paciencia, que estaba a punto de cerrar un trato millonario y que además tenía por ahí un guardadito escondido, que si se ponían las cosas color de hormiga, lo sacaría del escondite y lo usaríamos.

Un día, se fue a trabajar y nunca más regresó. Yo me volví loca buscándolo por todas partes. Nadie lo había visto. Una semana después llegó la policía a la casa y me dijo que estaban buscando a Pete porque había cometido un fraude gordo. Yo les juré que no tenía idea donde estaba. Me lo quitaron todo: la casa, mi coche y mis muebles. Congelaron la mísera cuenta de banco que tenía. La casa estaba a nombre de él, así que me obligaron a abandonarla.

Me quedé sin nada. No quise regresar con mis padres a Arizona por la vergüenza de mi pendejada. Así que durante dos años estuve del tingo al tango en la calle, luego acabé en un Woman's Shelter donde un tiempo después me consiguieron un trabajo de mesera en una taquería dizque mexicana pero más texmex que la chingada. Con eso pude pagar la renta de un cuarto. De ahí me volví la cocinera y luego la manager y cuando tuve suficiente sueldo, renté por fin una casita en el westside, por allá por la calle Zarzamora.

Nunca le conté a nadie mi historia, ni

siquiera a mi segundo esposo. Quería empezar de nuevo. Conocí a José Martínez porque era el compadre del cocinero del restaurante. No sé ni qué me vio, yo en ese entonces estaba deprimida y chillaba más que María Magdalena. El pelo ya se me había llenado de canas, la cara de arrugas, pero él necesitaba compañía y sabía que yo cocinaba bien. Se quiso casar conmigo. Nos fuimos un día a casar a la corte, ni hicimos boda ni mucho menos. Pa' mí que no había nada que festejar. No le avisé a mis papás, nunca más volví a tener contacto con ellos.

José era un buen hombre al que nunca traté bien porque se dejaba tratar mal. Así que por pendejo yo lo trataba peor.

Con él tuve a María y a Carolina y desde que nacieron ahorré para su college, era lo mínimo que podía hacer para redimir la pendejada que yo había hecho con mi vida. Mis dos hijas van a poder ir a una Universidad, gracias a Dios les voy a poder dar una buena parte, pero les puse una cláusula en su cuenta donde dice que sólo pueden usar ese dinero para su educación.

Yo dejé a José porque pues ¿qué caso tiene estar con uno con el que sólo se coge pero no se quiere?, cuando se acabó la cogedera pues se me acabó la paciencia. El que no ayuda estorba así que le pedí que se fuera y no tuvo los huevos para reclamar su lugar.

Los siguientes años crié sola a las niñas y ya los últimos cinco años me empiné más botellas de ron de lo que mi hígado resistió. Y pos así fue, no hay nada más que contar. De mi última huarapeta, la que me encontraron flotando en el río, ya ni me acuerdo....imagínate nomás.

Obdulia se queda muy callada y yo también. El silencio se vuelve incómodo, hasta humillante. Me siento mal por haberla llamado murciélago, ¡Pero es que sí parece!... bueno ¡ya! pobre mujer, ella ¿qué culpa tiene de tener esa cara? Ya deja de ser una mierda de persona, la pobre no la ha tenido fácil. ...con todo y todo parece murciélago.

Intento frenar mi estúpida discusión interna y rompo el silencio con Obdulia.

- ¿Y viniste a buscarlo?, ¿a Pete?- le pregunto.

- Sí, pero no sólo eso, también vine a buscar algo que me pertenece.

- ¿Qué cosa?

- Antes de que se fuera Pete, me dijo que había dejado algo escondido para mí en algún lugar de esta casa. Nunca dejaba casi nada en la cuenta de banco por lo mismo de andar siempre con delirio de persecución. Me dijo que si algún día la policía llegaba por él, me iba a decir dónde estaba el escondite, ya para esas alturas desconfiaba hasta de mí, por eso nunca me dijo nada. Así que nunca supe qué era ni dónde estaba. Cuando vi que Pete no regresaba, busqué toda la casa como una loca pero no encontré nada. No sé si eso todavía exista, no sé ni qué sea, pero voy a averiguar qué es y si todavía tiene valor. Igual puede sacar de apuros a mis hijas. Eso es algo que me pertenece.

De pronto, un muchacho joven sale de la casa. Es muy alto y tiene el look de Jesucristo con pelo a la nuca, barba y bigote. Nomás que trae lentes oscuros en forma de gota como de piloto. Obdulia entrecierra los ojitos como enfocando, luego los abre muy grandes.

El joven sonríe ampliamente cuando ve a Obdulia la toma de los brazos y la carga hasta que sus piecitos quedan colgando a unos centímetros del piso. En el largo abrazo la mece eufórico de un lado a otro y le da besos en la cabeza. Es tan alto y ella tan bajita que pareciera una gallina picoteando algo. ¿Será algún otro hijo que tuvo Obdulia?

- ¡Son of a bitch! ¿Where the HELL have you been? - le grita Obdulia con tanta furia que hasta escupe.

- Oh sweetie, I'm so glad to see you at last.

!Dios mío! !Es Pete! Por lo visto se murió MUCHO más joven que ella.

Trae pantalones blancos a la cadera bastante ajustados de los muslos y acampanados de la rodilla para abajo. La escena de Obdulia abrazando a este hombre parecido a Bary Robin, el cantante los Bee Gees es de lo más conmovedora. Hasta puedo oír la canción de *Stayin' Alive* como musiquilla de fondo.

CACTUS CIRCLE
Las Verduras

Te confieso que yo ya sé lo que hay escondido en la casa. Te doy una pista para torturarte: sí van a encontrar algo en el escondite y sí tiene mucho valor. Pero hay unos datos importantes de la historia que me faltan y que los tengo que pensar y estas vueltas de la historia se me ocurren casi siempre en la cocina.

Así que vamos a hacer la receta de los elotitos con crema, que realmente no tiene ninguna complicación así que la voy a juntar con la de los espárragos con cerezas secas y almendras.

No sé si es porque tengo alma de artista pero en una mesa bien servida, yo me voy por los colores. Cuando veo muchos colores el sentimiento que me brota es de abundancia. El ojo no debe de saber ni para donde voltear de tanto color. Colores y colores, como en un mural de Rufino Tamayo. Tal vez por eso me fascina ir a los restaurantes chinos, porque ponen veinte cosas de distintos colores y sabores en una sola mesa, y no te tienes que amolar si se te antojó más el platillo del de junto porque todo es de todos. Así va a ser mi mesa: grande, colorida, vasta, todo para todos.

Me parece que los green beans o ejotes tradicionales de Thanksgiving son de lo más aburridos, a nadie le gustan y sólo los siguen incluyendo en la cena por tradición. Su sabor me recuerda al Gerber de chícharo.

Para no excluir el color verde, sirvo espárragos porque creo que nadie me puede discutir cuánta más personalidad tienen los espárragos que los ejotes. Su forma es larga, distinguida, elegante. Si fueran personas serían soldados con cascos garigoleados, o señoras guapas de cuellos largos y peinados elaborados.

Su color verde brilla más cuando les rocío aceite de oliva, luego los espolvoreo con cerezas deshidratadas. Acabo de descubrir hace poco la maravilla de la cereza deshidratada. La receta original es con arándano pero curiosamente, la cereza deshidratada es más ácida aún. Le echo almendras fileteadas en puñitos, y está listo para meterse al horno. No tengo que hacer más, esta mezcla tricolor ya es una delicia natural.

Espero exactamente doce minutos a que se calienten a 400 grados Farenheit. Un minuto de más en el horno y los espárragos quedan en riesgo de perder su dignidad y encorvarse como viejos decrépitos.

Del verde paso al amarillo intenso. A mí me gustan más los elotes que usamos en México para los esquites, con el grano más blanco y más grande, a punto de reventar. Pero respetando el desfile de los colores, vamos a escoger el amarillo primario y como sólo encuentro este color en los elotitos dulces americanos, pues bienvenidos sean.

Compro ya congelados los granos porque ¿qué caso tiene ponerse a trabajar el doble? Sólo en este platillo, (en ningún otro) se vale saltarse un paso y comprar el producto congelado, porque en el caso particular de los elotes, me parece que el sabor final es el mismo.

Los echo a granel en una olla gigante y simplemente añado tres barras de mantequilla, queso crema, crema ácida, sal de grano y prendo el fuego a temperatura baja. Hay recetas que no tienen ninguna ciencia, pero no hay que subestimarlas. Casi siempre lo más sencillo es lo mejor.

Acabé con todo lo salado: pavo, jamón, papas, elotes, espárragos...

Respiro hondo y miro al horno. *No compadre, ni creas que ya acabaste de trabajar, nos faltan los postres.*

Ahora, volvemos a la historia, porque entre el verde del espárrago, el púrpura de las cerezas deshidratadas y el amarillo de los elotes ya se me ocurrió algo que puede ser interesante.

422 KING WILLIAM St.
SAN ANTONIO, TX

- **O**bdulia, mi amor, entra a la casa, tenemos que hablar.

- ¿Por qué nunca regresastes?

- Porque me mataron.

Obdulia se queda pensativa. Si hubieran estado vivos, tal vez Obdulia hubiera puesto a llorar o a gritar con esta información. Si hubieran estado vivos, tal vez Pete se hubiera caído de espaldas al ver a Obdulia treinta y cinco años más vieja que él ya hecha un esperpento. Pero están muertos y me doy cuenta que los muertos reaccionan distinto. Definitivamente la Obdulia que tengo hoy enfrente no es la misma mujer furiosa que conocí en la corte. Hay un sentimiento de serenidad, ya nada parece tan importante.

Estoy encantada en medio del drama pero por más que me resisto, siento que lo correcto es alejarme y darles a Obdulia y a Pete su espacio.

- Obdulia, yo creo que voy a regresar a la funeraria- digo en bajito.

- Yo regreso en una hora. Tengo una larga plática pendiente con este cabrón. Pero

échale un ojo a María. No quiero que amenace a ese pobre muchacho. Sé que nada bueno va a salir si mete esa demanda. Me tienes que ayudar con esa consigna. ¿Te puedo confiar a ti ese encargo? Tengo muchas cosas que hacer y no me va a dar la vida, ¿Me puedes echar la mano?
¿Cómo que "consigna"?

- Okey, se lo prometo Doña Obdulia. – digo rápidamente.- Pero mire, déjeme le advierto que estoy un poco perdida en el tema de los muertos pero ... pues ahí veo como le hago.

- ¿Cómo que "ahí veo como le hago"? ¿Pues qué no leístes el manual? – me pregunta y la furia en sus ojos vuelve a brotar como chispa.

- ¿Qué manual?

- Llegando a la Funeraria te debieron de haber dado un manual membretado con tu nombre. Es ahí donde explican paso a paso las reglas de los muertos. ¿Qué crees que yo andaba haciendo de que llegué a la funeraria a que tú llegastes? Me leí el manual enterito, las 40 páginas.

Ahora recuerdo que me dieron un cuadernillo cuando me registré en la entrada pero según yo, eran cánticos o el libreto para seguir la ceremonia. Como es mi costumbre con todos los manuales, folletos de publicidad y libritos de misa, lo mandé directito a la basura.

- Ah sí. Lo dejé en la funeraria. Ahorita llegando le doy una leidita.

- Orale mija, gracias.

Me regreso por donde llegué. Camino de nuevo la calle King William. Ahora saludo con más familiaridad a los muertos que me sonríen. Me siento cómoda aquí. Algún día volveré.

Tomo el camión, misma ruta pero a la inversa. Lo único que pido es que el maldito manual siga en el bote de la basura donde lo arrojé.

SUNSET FUNERAL HOME

Corro desde la parada del camión hasta las escaleras de la funeraria lo más rápido que puedo. De pronto, noto que cada zancada que doy es como si trajera un resorte en la planta de los pies. El brinco que doy con cada paso, me levanta como un metro. Me asusta la altura, nunca he sido de emociones fuertes. No me gusta la adrenalina. Desacelero el paso y vuelvo a caminar con precaución.

Entro dando un azotón de puerta a la funeraria. Ahora sí me doy cuenta de quiénes están vivos y quiénes están muertos. Los que voltearon a ver quién entró como una loca son los muertos. Los que ni se inmutaron son los vivos. Me doy cuenta que son como mitad y mitad, hay de todo.

Volteo a ver el bote de la basura. Ahí, en el fondo de un montón de basura está quietecito el folleto membretado con mi nombre en letras doradas. ¡Bendito! Lo agarro y le quito unas gotas de café que lo habían mojado. No me importa que esté manchado, en este momento es el artículo más preciado del mundo entero.

Me salgo del lugar, me siento en las escaleras donde no estorbo el paso. En la portada del folleto aparece mi nombre con mi apellido de soltera en letras doradas. Antes de leerlo veo cuántas páginas tiene. Cuarenta páginas. Me abanico la cara con él. Cuarenta páginas me parecen una eternidad. Luego, lo abro en la primera hoja y me pongo a leer.

No sé si me parece estúpidamente ridículo o extremadamente brillante la idea de tener un folleto explicando las reglas de la vida, pero me parece que no tengo mucho tiempo para quedarme a reflexionar sobre el punto.

Por lo que entiendo, esto de seguir merodeando por la Tierra es porque hay ciertas consignas que hay que cumplir antes de irse al Más Allá, Eterno Descanso o como cada quien le llame, así que con esto confirmo que efectivamente sí hay una vida eterna después de la muerte. Muy bien, eso es un alivio.

Cuando no se es lo suficientemente bueno en la vida terrena, hay consignas que se deben de cumplir. Cada consigna consiste en ayudar a una persona aún viva en la tierra a solucionar un problema, pero la persona viva no se puede dar cuenta que la persona muerta le está ayudando.

En este punto pienso en la cantidad de veces que curiosamente se me ha solucionado algún problema, que de pronto me entra una llamada oportuna, que recibo un correo electrónico justo de una persona que me ayuda en algo en particular. Yo pensaba que tenía buena suerte, una frecuencia energética positiva, pero no, aparentemente estuve rodeada de un comité de muertos que esperaban su turno para echarme la mano.

De pronto me viene otro pensamiento. A ver, entonces ¿qué pasaba en las horas de mi vida que iba al baño, ¿tenía un público sentado junto al excusado?... Dios mío, lo que es peor... A la hora de la hora... ¿estarían ahí paraditos observándome al pie de la cama como en la serie de *ROME* de HBO donde los esclavos observaban a sus amos haciendo el amor como si estuvieran haciendo la lista del súper?...¡A ver ya!, no te distraigas y sigue leyendo el folleto. ¡Pon atención! Que apenas vas en la página 12.

Leo el folleto saltándome algunas páginas. Hay muchísima información que me parece irrelevante, aunque seguramente no lo es pero, leer un folleto entero es superior a mis fuerzas, de tan sólo ver el manual se me cierran los ojos. Si una persona fue muy mala en la Tierra tendrá muchísimas consignas y si fue muy buena tendrá muy pocas o ninguna.

Obviamente, y como era de esperar, Obdulia NO tenía pase directo al Cielo, ni yo tampoco, porque al final de mi folleto está clarito la palabra "consigna", dos puntos y luego el nombre de **Lauro González** escrito así en negritas. ¿Quién será Lauro González?

Se puede hacer una solicitud para ayudar a miembros de tu familia o algún amigo que uno elija pero parece ser un trámite muy burocrático: hay que ir a una oficina, tomar un turno y hacer una cola eterna. Después de todo, el Cielo no está en esta Tierra, aquí sólo se está de paso. Siempre nos lo dijeron pero yo pensaba que con la muerte ya pasábamos al otro nivel, pero por lo visto no de inmediato. ¿Habré tenido algún pariente ayudándome en algo? Habrán estado ahí observando cada movimiento que yo hacía... Dios mío, ¡qué vergüenza! ¿Ves? Te dije que dejaras de picarte la nariz en el coche. Según tú nadie te veía ¡Te lo decía y te lo decía!

El muerto no puede aparecérsele al vivo ni hablar con él, así que se las tiene que ingeniar. No es como que le puedas dar a un vivo un dinero porque no puedes agarrar o transportar de un lado a otro un bien material, ni soplarle qué número va a ganar la lotería. No se puede ver el futuro.

En días especiales como Día de Muertos, Navidad, Thanksgiving, Hannukah, Ramadán, etc. los muertos pueden visitar a sus familias aunque estén en otra parte del mundo trabajando en una consigna. Esto lo acabo de comprobar yo misma en mi paseo por King William.

El folleto me parece eterno, me faltan más de veinte hojas por leer. Me paso media hora hojeándolo. Sé que no me voy a poder aprender todo de memoria pero hago un buen intento. Después de un rato, desisto de mi estudio, me guardo el folleto en la bolsa del abrigo y entro a la funeraria de nuevo.

En la sala B me encuentro con Jack y sus papás sentados en unas sillas al fondo. No participan en el barullo de la concurrencia que viene a velar a Obdulia. De pronto me doy cuenta de algo: estoy sintiendo un malestar general. No lo había experimentado antes pero podría decir que sin serlo exactamente es algo muy parecido al frío. Es la primera vez que experimento una sensación corporal tan aguda desde que estoy muerta. Siento las manos y los pies helados, luego, todo el resto del cuerpo.
Ni Jack ni sus papás dicen nada, en sus caras no hay mucha expresión pero sé que están muy tristes.

Me alejo un poco de ellos y poco a poco dejo de sentir ese frío. Entonces me doy cuenta que puedo sentir el dolor ajeno si me acerco suficiente a las personas.

Bueno, ya era hora de que empezara a descubrir las monerías de estar muerto.

Jugueteando con esta sensación, empiezo a dar pasos para adelante y para atrás. Si me alejo de ellos vuelvo a no sentir nada. Luego se me ocurre acercarme a más personas. Siento diferentes temperaturas al acercarme a cada una de ellas. Muchos están fríos, algunos templados y sólo con un señor de la entrada y con un bebé que duerme, siento tanto calor que casi me quema la piel.

Pero los papás de Jack están helados, los pobres. Aunque tengo frío, siento un impulso de quedarme a su lado. Me siento en una de las sillas mientras trato de pensar qué hacer y cómo poder consolarlos.

Miro a la mamá. Me parte el corazón ver a una mujer tan triste por su hijo. Ella es con la que siento más frío de los tres. Me dan ganas de abrazarla. No me puede sentir, pero igual le paso algún tipo de consuelo. Me pongo atrás de ella y la cubro con un abrazo maternal.

De inmediato la mujer da un salto y pega un grito desgarrador. Voltea de un lado a otro con ojos aterrorizados y respiración jadeante.

- HELL! Someone just grabbed me!

El papá de Jack la intenta calmar.

- Cálmate Marjorie, nadie te agarró.

- Mamá, ¿qué dices?

Los dos hombres sientan a la señora en la silla de nuevo, tratan de tranquilizarla, ella no deja de temblar. Van a traerle un vaso de agua y cuando están en el pequeño buffet de comida, el papá de Jack le habla en voz baja a su hijo.

- Cada vez se pone peor. Ahora ve cosas.

- ¿Está tomando su medicamento?

- No, por el momento lo suspendió.

- ¡Papá! tienes que hacer que se lo tome.

- Lo sé. Pero la conoces. Es muy necia. Dios mío, tengo suficiente con ella y ahora esta maldita demanda...no tengo dinero para pagar abogados, no tengo dinero para mandarte a estudiar a una universidad de paga. Si te corren del ejército no te voy a poder ayudar. Ya todo lo que nos queda es para nuestro retiro. Mira, tengo que llevar a tu madre a casa, ya es tarde, necesita descansar.

Jack da un paso atrás. Se siente avergonzado, lo puedo ver en sus ojos. *¡Fuck!* Dice entre dientes y la voz se le quiebra. Luego mira al techo y dice en un susurro casi imperceptible: *Please help me.*

De repente se oye un coro celestial cantando y se ve un resplandor en toda la sala. No sé si Dios vaya aparecer de pronto o si haya mandado a sus ángeles a ayudar a Jack.

Después de pocos segundos abruptamente todo se detiene. Se terminan las arpas, el destello se apaga y todo vuelve a la normalidad. ¿Alguien me puede explicar qué fue eso?

Trato de hojear mi manual de nuevo. No encuentro nada que diga "repentino resplandor", o "fugaz coro celestial", o algo por el estilo. En la única persona en la que pienso es en la señorita bilingüe de la entrada, tal vez ella me podrá contestar las miles de dudas que tengo. Me salgo de la sala B y llego a la recepción, ahí está la mujer sonriendo y repartiendo folletitos, tan campante como siempre.

- Oiga señorita, mire, estoy muy confundida, hay muchas cosas que no me quedan muy claras.

- ¿Le gustaría hablar con el manager?

- ¿El manager?

¿Hay un manager para atender a los muertos en la funeraria? ¡No puede ser!

- Pues sí, sí, eso sería bueno. Gracias.- digo.

La señorita descuelga un teléfono, pulsa una tecla y siempre sonriente dice... Mr. Vargas, I have a lady here that would like to talk to you... Okay, thank you.

Me sonríe de nuevo. Desde luego tiene un trato muy amable con el cliente.

- Ya viene.

Le doy las gracias y tomo asiento en la banquita de enfrente. De pronto se acerca Rosa, la muchacha de servicio de Piedras Negras. Me trato de asomar a su bolsa para ver si veo algún sobre pero no veo nada. Marca un número en su celular.

- Hola Tomasito, soy Rosa. Pásame a Toña, no seas malito...¿Cómo están todos por allá?... ¿Bien?...Qué bueno.
¿Será Toña la hija que tuvo con el señor Sacramento?

Rosa sigue una conversación mundana pero empieza a hablar en voz un poco más baja, a lo que yo me acerco más a ella. Empieza a voltear a ver a su alrededor como si estuviera buscando algo, se nota incómoda.

De repente, me voltea a ver y quedamos cara a cara. Me quedo helada. ¿Podrá verme? Pone ojos de desconfianza. Me parece que puede percibir algo. Doy un paso atrás y ella sigue hablando por teléfono en voz más baja todavía.

- Toña, soy Rosa. Estoy en el funeral del señor Henry Sacramento. ¿Te acuerdas de los señores con los que trabajé hace años?...Exactamente. Sí, estoy en Tejas, en San Antonio. La señora me va a dar un sobre que me dejó el Señor Sacramento. ....No, no sé qué tenga, no me lo ha dado la viejita todavía.

Rosa sigue viendo de un lado para otro desconfiadamente mientras habla por teléfono.
Así tendrá la conciencia.

- Ya sé, ya sé...te necesito explicar todo. Voy a ir al rancho hoy mismo. Te veo en la tardecita. Sí, estoy cerca de la frontera, me voy manejando.

Luego cuelga y se vuelve a meter a la sala A. Mira su reloj con impaciencia.

Se acerca la señora Sacramento que apenas y puede caminar. Tiene una mirada muy dulce. Siento pena por ella.

- Rosa my dear, I was looking for you.

- Señora Sacramento, aquí he estado. No me puedo quedar mucho tiempo, tengo que regresar a México y ya ve que la línea se pone pesada en estos días. – dice Rosa.

La señora Sacramento trae un sobre tamaño carta del cual saca otro sobre más pequeño con el nombre de Rosa escrito en el dorso.

- Entiendo Rosa. Mi esposo quería que tuvieras esto. Por eso te mandé un correo electrónico para que vinieras. Me dijo que te agradecía tus amables servicios todos estos años, eras como una hija para él.

A Rosa se le tornan los ojos vidriosos y se tapa la boca con un pañuelo y dice en voz baja... *God bless him.* Luego vuelve a abrazar a la señora Sacramento y toma el sobre.

- Happy Thanksgiving Rosa, have a safe trip home.

Rosa guarda el sobre en su bolsa. ¡No! ¡Por favor ábrelo!

Se dispone a irse del lugar, pero luego se detiene y se da la media vuelta, se dirige al baño de mujeres. ¡Sabía que no aguantarías la curiosidad! No me le despego un segundo, quiero ser la primera en ver si es un cheque o no y cuánto dinero le dejó a la hija.

Entro al baño de mujeres con ella, a cada rato se la pasa volteando a los lados como buscando a alguien más. Se mira en el espejo y se arregla un poco el pelo, saca con toda calma unas pinturas de su bolsita y se delinea la boca. Luego entra a uno de los excusados y al poco tiempo oigo el tintineo del chorrito que cae al agua de la taza. ¡Ay por Dios! No hagas pipí ahorita, ¡Abre ya el maldito sobre!

Rosa sale del excusado por fin, se acerca al lavabo y mientras se lava las manos dice en voz alta y mirando fijamente al espejo.

- Sé que estás aquí. Sé que me estás siguiendo.

Me quedo petrificada, siento los pelos de la nuca parados. Pinche bruja, ¡puede ver a los muertos!

CACTUS CIRCLE
EL PAY DE MANZANA

Confieso que me siento sumamente seducida por la gente que puede ver cosas que todos los demás no podemos ver. Es un sentimiento de susto y fascinación propio de la curiosidad de un escritor, me imagino.

He encontrado que en el medio literario se habla con absoluta seriedad de temas que parecerían pendejadas en otros medios: los fantasmas, las energías, los ángeles, las coincidencias del universo, la ley de la atracción, todos estos temas igual de importantes para nosotros que las alzas y bajas del mercado para los banqueros. ¡Qué maravilla!

Esto, muy al contrario de demeritar al gremio literario, lo hace genuinamente humano. ¿No es esta curiosidad parte de la inquietud propia de nuestra especie? Es esa intuición por la cual sabemos muy en el fondo que debe de haber algo más de lo que sólo vemos.

Las dudas eternas que nos han torturado siglo tras siglo: ¿A dónde vamos a ir cuando nos muramos?, ¿Hay alguien observándonos desde alguna otra dimensión?, ¿Realmente tiene sentido ser bueno en la vida?

Estos cuestionamientos, sin querer, nos hacen necesariamente despertar el genio de la creatividad.

Pensemos qué sería de este mundo si Gabriel García Márquez no se hubiera cuestionado con toda seriedad el mundo de los muertos. Olvídate de José Arcadio Buendía, de Úrsula Iguarán, de Melquíades, del pueblo entero de Macodo ¡por Dios!

¿Qué hubiera pasado si Juan Rulfo hubiera pensado que estos temas sobrenaturales eran pendejadas?

Olvídate de las religiones también, ¡ah sí! Para tal caso es lo mismo, pero no vamos a ahondar en estos terrenos, al menos no en esta historia.

Además de todo, creo que por el simple hecho de ser mexicano o tener sangre mexicana, estamos más hechizados todavía. Traemos una fuerte predisposición a ser atraídos por el tema de los muertos que nos viene heredado como pueblo histórica y genéticamente. Lo traemos en la sangre, queramos o no.

Pero si te parece estúpida esta teoría y te consideras una persona cien por ciento racional, estás en tu derecho de seguir discutiendo eternamente el alza del dólar, las tasas de interés y la política y de nunca tocar ni medio tema que no se salga de las normas del mundo racional, aunque te garantizo que muy probablemente no despertarás el mínimo interés en un taller literario, pero enfin, cada quien sus cubas.

Pero este capítulo no está dedicado ni a los muertos ni a los personajes, sino a uno de los postres favoritos de Juan Manuel, mi esposo: el pay de manzana de su abuela Pilar.

Cuando estaba recién casada y todavía vivía en la Ciudad de México, la abuela de Juanma que es la cocinera más extraordinaria que conozco, decidió revelarme todos los secretos de sus recetas.

Mi cuñada y yo nos íbamos a meter a su cocina los mártes en las mañanas y observábamos cómo seleccionaba, picaba, mezclaba, vertía, tronchaba, capeaba, hervía, freía, sazonaba, horneaba. Nosotras nos poníamos un delantal que nunca ensuciábamos porque más bien observábamos sus rituales con fascinación.

Doña Pili emigró de España a México a los veintidós años. Casi todas sus recetas tienen sabor ibérico. Alguien debería escribir una novela sobre ella porque es una mujer fuera de serie, pero eso también es otro cuento.

Una de las recetas que quedó grabada por los siglos de los siglos en mi cabeza fue su delicioso pay de manzana. He hecho este postre cientos de veces; tantas, que juro que podría hacerlo a ojos cerrados.

Pero a pesar de hacer exactamente lo mismo cada vez, el sabor del pay varía tremendamente; algunas veces sale mucho mejor que otras. No sé si radique en la dulzura o acidez de las manzanas o en la dulzura o acidez de mi estado de ánimo ese día, o en la alineación de los planetas, o en la atmósfera que flotaba por la cocina ese día, yo qué sé, pero el pay nomás no sale igual cada vez.

Vamos a partir de la base de que todos los pays de manzana del mundo son buenos, pero en la cocina de Doña Pili aprendí que un postre hecho de cero es muy superior a cualquier otro. Este es el caso de este pay de manzana porque uno hace todo, desde la masa.

Tomo mis seis manzanas golden y las reviso muy bien, calificando a cada una.

Me fijo en las imperfecciones con el mismo rigor con el que una suegra revisaría a su futura nuera. Las pelo en forma circular y dejo caer la cáscara en espirales, desnudando las manzanas y dejándolas vulnerables y al descubierto.

Luego de este ultraje a su intimidad, las corto en pedazos. El verbo cortar no es exacto, dicho por Doña Pili sería "tronchar" y eso significa encajar el cuchillo en la pulpa y hacer presión girándolo de un lado para que se desprenda un cachito de carne, logrando una forma más espontánea y orgánica en los pedazos y no un cubito o una rodaja simétrica. De esta manera quedan más tronadoras cuando se meten al horno. ¿Ves? Te digo que TODO tiene su chiste.

Yo me tardo mucho más que la abuela Pili tronchando las manzanas, mis dedos no son tan ágiles todavía. Esas manos de cocineros expertos que se mueven con la gracia de una bailarina llevan atrás años de práctica. Así que tomo mis precauciones: para evitar que mis cachos de manzana tronchada empiecen a cambiar de color, los voy metiendo en un recipiente con agua y hielos para detener su oxidación.

Pongo en una olla mediana mantequilla, agua, Maizena, azúcar y una pizca de sal en la estufa. Meto las manzanas tronchadas.

A la receta yo le anexé dos puños de canela molida de mis pistolas. La canela y yo hemos mantenido una relación amorosa desde que nos conocemos. Por ser amantes de antaño ella y yo, me niego a excluirla y mucho menos cuando hay manzanas de por medio.

Dejo que se derrita la mezcla y la revuelvo a fuego medio. La revoltura es con cariño y muy despacito para que no se aguaden las manzanas.

Ahora sí, el vapor sube, cierro los ojos y respiro lentamente como en una meditación. No hay nada en este mundo como el olor de la manzana, mantequilla y canela juntos. Respiro así, tomándome mi tiempo, no se puede hacer este pay de otra manera. Lo he tratado de hacer con prisas algunas veces pero invariablemente sale mal.

Salgo de mi trance del relleno de manzana para hacer la masa. Formo una montañita de harina de trigo. Le hago un agujero en el centro como si fuera un cráter de luna.

En una taza vierto aceite vegetal con seis cucharadas de leche bien fría (porqué tiene que estar fría, no tengo idea, su razón tendrá.) Con una cuchara, revuelvo estos dos líquidos que lucharán siempre por divorciarse. Vierto este líquido en estado de guerra en el cráter de luna. Luego, poco a poquito y SIN usar las manos, con un tenedor, voy incorporando lo sólido con lo líquido hasta formar una masa.

Ahora sí ya se puede tocar con las manos. Formo una pelota y luego la divido en dos: dejo una bola grande y una más chica que se convertirán en la cuna y la cobija del pay.

Con un rodillo pesado amaso las bolas entre papel encerado hasta hacerlas tortillas gigantes. Con todo el cuidado, como si de eso dependiera mi vida, desprendo el círculo más grande del papel encerado y lo coloco en el pyrex donde voy a hornear el pay. Cubro el molde con la masa estirada, lo amoldo como plastilina al vidrio y le vierto el relleno de manzana.

El círculo de masa más chico es la capa que cubrirá el pay. Esta capita se debe de hacer un poquito más delgada y se rompe fácilmente. Hay que taparlo delicadamente, con el mismo cuidado con el se cubre a un bebé dormido sin despertarlo.

Barnizo con yema de huevo batida la superficie para que quede brilloso y elegante. Lo agujero con el tenedor para para que pueda salir la presión y no se rompa de otros lados la masa. Queda listo para el horno.

El tiempo de cocción del pay de manzana de Doña Pili permanece un misterio. Cuando hago este pay, me asomo a cada rato para ver si ya está dorado. Yo sabré cuando sea el momento de sacarlo del horno. Doña Pili me enseñó cómo se ve y cómo huele cuando ya está listo.

En las recetas de Doña Pili no hay cantidades ni tiempos de cocción. ¿Cuánto tiempo le revuelvo a la manzana?, ¿A qué temperatura pongo el horno?, ¿Cuánto tiempo dejo el pay cocinando? Ella te contestaría con toda seguridad *"Pues, lo que vaya pidiendo, hija".*

Mira qué sabia filosofía. Es mejor tener menos instrucción y más intuición. Una verdad indiscutible es que las normas que le funcionaron a tus padres lo más seguro es que a ti no te funcionen. Es mejor dar a la vida aquello que la vida te va pidiendo y listo.

Yo puedo pensar en un desenlace para Obdulia y los demás personajes, pero cada vez que me siento a escribir, la novela me va pidiendo diferentes cosas, aparecen nuevos personajes, hay escenarios distintos, pasan cosas nuevas que cambian el curso de la historia.

Si me aferro a mi idea inicial, la historia se va a atorar en algún punto. Si la dejo fluir, la historia se va amoldando como se le va dando la gana y va tomando formas muy distintas a las que yo hubiera pensado darle. Entonces, señores, y sólo entonces, es cuando sucede la magia.

SUNSET FUNERAL HOME

Salgo del baño de mujeres hecha la raya. Siempre he sido una coyona, ni siquiera aguanto ver una película de terror completa. Nunca había conocido a una bruja y aunque supuestamente ya no tengo corazón, siento palpitaciones en la garganta. No tengo idea si me puede seguir o no, pero quiero alejarme lo más rápido que pueda de Rosa.

Siento ganas de salirme de la funeraria, quiero salir a caminar y tomar aire.

- Hola Regina.

Un hombre de alrededor de unos sesenta años de edad me sonríe. Tiene unos ojos desproporcionadamente grandes y saltones que se derriten hacia los lados y los cachetes también le cuelgan. Su cara se me figura a un muñeco de cera derritiéndose. Parece que le ha dado mucho gusto verme. Éste debe de ser el manager.

El hombre me da un apretón de mano, luego, se lleva mis dedos a su nariz, los olfatea unos segundos y acto seguido, me lame el dorso de la mano con su lengua.
¿Qué fue eso? ¡Pinche puerco!

- ¿No me reconoces, Regina?

Me limpio la mano en el pantalón horrorizada.

- No.

- ¡Soy Macario!- dice muy alegre, como si fuera un amigo del alma.

- ¿Qué Macario?- Me le quedo viendo fijamente.- De pronto mi memoria hace su trabajo y arma los rasgos de este hombre como piezas de rompecabezas. Surge un vago recuerdo. - ¿Macario ...Vargas?

Macario Vargas es un personaje de un cuento que escribí para una entrega mientras estudiaba la Maestría de Creación Literaria en Casa Lamm en la Ciudad de México.

Macario es un brillante profesor de filosofía de una prestigiosa universidad de la Ciudad de México. Una secretaria que trabaja en la facultad de letras se enamora de él y le echa una pócima de amor en su café. La pócima surte efecto y el pobre Macario queda perdidamente enamorado de la secretaria.

Lo que ella no sabe es que él lleva una doble vida; en la universidad es una lumbrera pero ésta es sólo una careta que se pone porque su verdadero yo es canino; Macario Vargas cree que es un perro. En su casa, camina a cuatro patas, ladra y come sólo croquetas de perro.

Cuando descubre esto, la secretaria muy preocupada, regresa con la bruja que le vendió la pócima y le expone el caso. La hierbera le presenta dos opciones. La secretaria al fin toma una decisión, pero tendrán que leer el cuento para saber el final.

- No me digas que tú eres el manager.

- Yo qué sé. Tú eres la escritora, ¿QUIERES que sea el manager? - dice Macario en tono irónico.

A pesar de su trastorno bipolar, Macario es un profesor sumamente brillante en la universidad así que no es nada mala idea que sea él quien me explique como funciona esto de los muertos.

- Está bien, sé el manager, pero no me salgas con lamidas de repente. No se ve bien.

- Muy bien, pero...- se me acerca a decirme algo al oído.- si me traes a este cuento, te pido discreción. Confío que no vas a decirle a nadie de lo otro.

- ¿Lo de que te crees perro?

Macario se pone rojo como un tomate. Me mira con ojos graves.

- ¡Shhh!- Macario voltea de un lado a otro comprobando que nadie haya oído y luego, entre dientes, me susurra enojado:

- No me creo un perro, SOY un perro.

- Okey, okey, te lo prometo.

- Y otra cosa quiero que me prometas.
¿Y ahora con qué me va a salir?

- ¿Qué? - pregunto.

Con un movimiento discreto saca de su abrigo una correa de perro.

- Hoy no he salido a pasear. – me dice muy contento.
¡No! ¡No inventes!

Pero en dos segundos me invade la compasión. Yo misma creé sus defectos y sus enfermedades. Es mi culpa que el pobre hombre sea un desadaptado social. Además, a Macario siempre le tuve un especial cariño.

Le arrebato la correa de la mano y respiro con resignación.

- Diez minutos, no más. No quiero que llegue Obdulia y yo no vaya a estar.

Macario hace un sonido gutural, como cachorrito alegre. Sus ojos se iluminan. Me dice en voz baja y con una gran sonrisa:

- Te veo en la salida de servicio.

Salgo por la puerta de atrás del lugar y miro a ambos lados como si fuera a cruzar la calle. Ahí está Macario Vargas feliz, hincado a cuatro patas y moviendo la cadera de un lado a otro con una rapidez imposible.

¡Dios mío! He creado un monstruo.

Cercioro que nadie vea y le pongo el collar de perro en el cuello. Macario comienza a caminar medio a gatas por la banqueta. Sin pensarlo mucho, comienzo a caminar detrás de él.

- Ahora sí Macario, cuéntame todo lo que sabes de los muertos en este cuento porque no entiendo ni madres.

- Pues nada, no hay mucha ciencia,- dice Macario entre jadeos.- Igual que en la vida, hay que ir descubriendo lo que puede uno hacer y lo que no. A veces las carencias que tenía uno en vida, se convierten en capacidades especiales en la muerte. Cada quien puede hacer cosas distintas. ¿Has descubierto algo especial que puedas hacer?

- Creo que siento frío cuando alguien vivo está triste.

- Eso es porque probablemente eras muy friolenta en vida.

Eso es totalmente cierto. Recuerdo haberme tapado todas las noches con edredón y aún tener la nariz helada.

- Sí, era friolenta. - digo un poco sorprendida- pero eso no era lo que más me molestaba.

- ¿Y qué era lo que más te molestaba?

- Pues, yo creo que mis pies.- Volteo a ver mis pies meticulosamente como si los estuviera viendo por vez primera.- Me dolían cuando estaba mucho tiempo parada o cuando caminaba largos tramos. Cualquier zapato me sacaba ampollas. Toda la vida me dieron lata. Siempre pensé que eran demasiado chicos para mi tamaño.

- Pues tal vez descubras algo con los pies, tal vez no. Quien sabe.

- Sí, creo que algo chistoso me pasó con los pies hace rato, como que podía saltar mientras corría, no sé... me voy a fijar. Oye, al final de mi folleto dice en mi consigna el nombre de Lauro González. Yo no conozco a nadie que se llame así.

- Ya lo conocerás.

- ¿Dónde lo busco o qué?

- ¿Dice algún otro dato de él en el folleto?, ¿alguna dirección?

- No, nada. Sólo dice Lauro González.

- Entonces no lo tienes que buscar, ya

aparecerá.

- ¿Y a qué hora me lo voy a encontrar? No quiero estar merodeando en este trance eternamente. Esta historia se tiene que acabar pronto. Tal vez tú no sabes pero te informo que va a ser una novelita corta. Además, mientras tanto, yo estoy haciendo la cena de Thanksgiving y todavía me faltan los postres.

Macario cada vez me está jalando más rápido, ignorando por completo a mis explicaciones enredosas. En poco tiempo voy casi trotando a la par que él. Trato de frenar un poco.

- ¡No me estés jaloneando!- repela Macario.

- ¡Limosnero y con garrote! Además, tú eres el que me está jaloneando a mí. Sabes que odio correr.

- Yo no sé nada de ti, Regina. Pero por lo visto, te voy a conocer en esta historia.

- Ahora resulta que el personaje va a conocer al autor.

- Ni creas que porque aparecí en tu cabeza un día, tú me creaste. Yo ya existía.

- Pero yo te inventé.

Macario emite una carcajada silenciosa que me recuerda a la caricatura del perro Pulgoso.

- ¿Según quién?- me pregunta aún entre jadeos de risa y desacelera el paso. -Los escritores son las personas más ególatras que hay. Se creen dioses creadores. Todos los personajes que has creado ya existían en el universo. Una inteligencia mucho más grande que la tuya ya los había pensado. ¿A poco crees que podía surgir de tu cabecita un personaje tan genial como yo? ¡Qué soberbia la tuya! ¿No te das cuenta?, el artista sólo es un vínculo que nos transporta de un lugar a otro, igualito que tu madre fue el medio de transporte para que hicieras tu entrada en el planeta como ser humano en octubre de 1978, pero no es que no hayas existido antes. Existías en el vientre mientras te desarrollabas y existías mucho antes porque Alguien ya te había pensado.

- ¿Entonces según tu teoría, todos los personajes de ficción existen igual que los humanos?

- ¿Tú crees que las personas de carne y hueso son los únicos seres que en verdad existen? ¿No crees que el Quijote de la Mancha existe? ¿Que Jean Valjean o el Conde de Montecristo o Pedro Páramo o la Pantera Rosa existen?

- Bueno, sí existen pero no como tú y como

yo.

- A ver, vamos a ahondar en ese punto.- dice Macario divertido- Tú y yo somos distintos y sin embargo *somos*, o sea, *existimos* ¿no? Ahora bien, tú fuiste humana, ahora eres un espíritu, un personaje ficticio de tu propia novela, pero sigues *siendo*. Yo también soy un personaje, y sólo por eso existo también. Tengo mi lugar en el universo al igual que tú. ¿Sí o no?

- Sí, pero...

- ¡Es filosofía elemental! Eso es el problema con los escritores hoy en día, que ya no son filosofos. Yo creo que si uno no es filosofo no puede ser buen escritor.

- ¿Y cómo sé si soy una buena escritora o no? Es más, igual yo me inventé todo y ni SOY escritora.

- A ver, punto número uno: SÍ eres escritora porque con eso ya se nace. O eres o no eres. Es una capacidad que ya viene con el paquete. Punto número dos: No por ser una capacidad es TAN original como se piensa; un GRAN porcentaje de personas podrían ser escritores o cuenta cuentos o narradores pero ni se lo han cuestionado ni les interesa.

- ¿Un talento de lo más común y corriente, entonces?- pregunto.

- Efectivamente. De lo MÁS común y corriente.

- Me siento mucho mejor, ¡gracias!- digo con sarcasmo.

- Yo creo que no te sientes escritora porque tu etapa más activa no ha comenzado aún. Pero con este cuento va a comenzar.

- ¿Ah si? No me digas.

- Sí, ¿sabes por qué?

- A ver ilústrame, Aristóteles Vargas.

- Porque YO estoy en el cuento. Yo voy a traerle suerte a esta historia.

Macario suelta otra carcajada que hasta le causa un ataque de tos. Después se acerca a mí y con toda su fuerza apoya sus brazos en mi abdomen. Sigue en cuclillas. Casi me voy de espaldas. Sonríe juguetonamente y vuelve a lamerme las manos.

- Ya párale, ¡puerco!

No puedo evitar una sonrisa mezclada con un gesto de repugnancia al mismo tiempo que me seco la saliva de las manos en mi pantalón.

- Macario, ¿puedes quedarte conmigo hasta que encuentre al tal Lauro González?

Macario sonríé de nuevo y me dice con voz sonora y seria:

- Regina Moya, yo Macario Vargas, te seré fiel hasta la muerte.

- Claro, se me olvidan tus virtudes caninas.

Macario se frena en seco. Olfatea el piso y luego dice:

- Es hora de dar la vuelta. Obdulia ya está regresando a la funeraria.

- ¿Cómo sabes?

Macario apunta con un dedo a su nariz.

- ¡No me jodas, Macario!

CACTUS CIRCLE
LA MESA

Mi adorada mesa de cedro rojo es enorme, apenas cabe en el espacio que tengo de comedor. Fue un regalo de bodas de mi tía Marcela. Un regalo de esos que si no me lo hubieran regalado en ese momento jamás lo hubiera tenido. La madera es oscura con largas vetas que la estrían. Es rectangular pero en las cabeceras caben dos sillas en lugar de una, y eso la hace ser distinta al formato rectangular tradicional.

Así como me pasa con la canela, también mantenemos un amorío el color rojo y yo. Las casas en las que he vivido insisten en este color. Aunque comience la decoración de algún cuarto con otros colores para forzarme a variar, con los años, los rojos y ocres vuelven a reclamar sus dominios, no lo puedo evitar.

Mi comedor obviamente se contagió de este mal también. La tela de las sillas es rojo quemado y la pared de donde cuelga un espejo grande la pinté yo misma en un tono mandarina deslavado.

El tapete es un enorme kilim con garigoles turcos ocres que heredé de casa de mis papás. Del techo cuelga un candelabro ovalado de calamina mexicano que puede ser de los objetos más queridos que tengo en mi casa. Tiene nueve luces que alumbran desde nueve pantallas de cristal de pepita tallada. A pesar de que es chico este espacio, lo amo con locura.

Los comedores de las casas se han devaluado. Hoy en día tienden a desaparecer por fines prácticos. Se monta un pequeño antecomedor y listo.

¿Pero cómo excluir un comedor por mero gusto? De toda la casa, son las paredes de este cuarto las que encierran las voces de los abuelos cuando brindaron con sus poesías. Son estos muros los que guardan las anécdotas de antaño y los chistes que nos hicieron reír a carcajadas con la tercera y cuarta copa de vino. La gente que ha estado sentada aquí, se ha embriagado de música, de risas, de vino, de comida, de flores, de velas.

Este comedor mío en San Antonio es donde festejamos cuando viene gente de lejos a estar con nosotros.

Juro que, mientras mis capacidades me lo permitan, mi comedor estará siempre hermoso, con cuadros coloridos y adornos de plata porque un lugar que nos hace gozar tanto, es lo mínimo que se merece.

Hoy mi mesa ya se siente contenta por la fiesta de la noche. Ya llevaba un rato aburrida, pero sabe que hoy se va a desquitar.

Lo primero es el vestido, mandado a hacer en México a su inusual medida. Un mantel blanco marfil, con relieves de flores simétricas. Se pone primero un molletón; esa tela esponjosa que protege la madera de cualquier trato brusco o temperatura caliente.

La verdad es que jamás plancho un mantel más que los días de fiesta, y mi mesa es tan grande que tengo que llevar la plancha al comedor para alisar las líneas marcadas de los dobleces. Las servilletas van a ser las de lino rojo, para combinar con las sillas, y en el centro, voy a poner asimétricamente otro mantel cuadrado que me traje de un viaje a Francia. Tiene un estampado de higos, ¿adivina de qué color? rojo por supuesto.

Caben diez personas holgadas aunque hoy seremos catorce apretadas, como suele pasar en un buen festejo. Hoy será, como diría la canción, *"Cachete con cachete"*.

Hoy se saca y desempolva todo lo que ha estado guardado durante el año.
Mi vajilla elegante, mis platos base elegantes, mis copas elegantes, mis cubiertos elegantes. Hoy es el día de todo lo "elegante" y esto me llena de emoción.

Mi mesa queda puesta y brillando espectacular con sus platos y copas. Mis hijos que acaban de llegar de su paseo, admiran emocionados la escena. Me preguntan nerviosos si también hay que vestirse elegantes.

Andrés, mi segundo hijo, quiere vestirse de ninja dorado. Para él, este disfraz es su gala máxima. Manuel, el mayor, está nervioso por no tener unos zapatos negros como los de Sergio su amiguito quien acaba de hacer su primera comunión y por lo visto llevaba unos zapatos negros que a mi Manuel le parecieron un lujo inaudito.

¡Sí! pónganse guapos, guapísimos, porque hoy estamos de fiesta.

SUNSET FUNERAL HOME

De regreso a la funeraria Macario y yo nos encontramos a Pete Douglas parado en las escaleras y muy agarradito de la mano con alguien que no reconozco bien, pero entre más me acerco compruebo que desde luego no es Obdulia. Es... un hombre. Hijo de puta, ya sabía... ¿pero gay? Eso es novedad.

No es que Obdulia sea mi amiga del alma, pero haberle mentido durante toda su vida son chingaderas. Honestamente no creo que haya cambiado de preferencia sexual en la muerte. No señor. Eso ya lo tuvo que haber traído desde antes, que no me venga.

El hombre que está con Pete es también alto y bien parecido, aunque no tan joven como Pete. Me voltea a ver y me sonríe. Yo me hago la loca. Prefiero mantenerme solidaria con Obdulia. Luego, la pareja de Pete, se acerca a mí y me dice con voz grave:

- Gracias mija, ya'stuvo ¿eh?. Tardó menos de lo que pensábamos la cosa.

Doy un salto hacia atrás. ¿Obdulia?

- Soy yo mija, Obdulia. ¿No me reconocistes, verdad? Es que ya hice mi transmutación.- dice divertida.

- ¿Su qué...?

- Transmutación: el cambio de un cuerpo a otro.- dice Macario interviniendo en la conversación.

- Para poder llevar a cabo las consignas uno tiene que pedir un cuerpo de otro muerto y reencarnar por un tiempo limitado en ese cuerpo hasta completar la consigna.

El nuevo Obdulio entrecierra los ojos y aprieta la mandíbula. Está encabronado. Aunque físicamente es un hombre guapo que no tiene nada que ver con la mujer vieja, canosa y chaparra que conocí en la corte, vuelve a recrear el gesto de murciélago herido de Obdulia. Increíblemente logra un ligero parecido con ella. Comienza a gritar.

- A ver mija, ¡espabila! Si no lees el folleto te vas a quedar aquí pendejeando eternamente. Transmutación, ¡capítulo cinco! Hay muchos muertos que se quedan en este trance un chingo de tiempo nomás por huevones de que no leen el folleto. Se me hace que tú eres una de esas. No lees instructivos, te ponen multas por manejar mal, no abrochas bien a tus hijos en el carro. ¿Cómo chingados crees que vas a irte al Cielo?

- I love it when she talks dirty!- interrumpe Pete con una sonrisa orgullosa.

- ¡Bueno ya! Ya entendí. Lo voy a leer con más atención. – intento defenderme.

Obdulio se calma un poco, saca de su bolsa una cajita de hojalata muy vieja y la abre. Dentro hay un par de aretes de brillantes y un collar de zafiros en forma de gota.

Hoy en día las joyas ya no causan el mismo impacto que causaban en el pasado. La joyería de fantasía se ha perfeccionado al grado de ser idéntica. Pero si estas joyas son reales, por el tamaño de las piedras, deben de valer una fortuna.

- ¿Y esto?- pregunto.

- Es el mentado tesoro que Pete había escondido en la casa. Obviamente jamás lo iba a encontrar. Estaba enterrado debajo de la casa, como a metro y medio.

- ¿Enterró las joyas debajo de la casa como pirata? ¡No inventes!

- Y deja tú las joyas mija, dice que entre las paredes también escondió otras cosas.

- ¿Cómo pudo desenterrar eso sin que los dueños se dieran cuenta?

- Esa casa siempre ha necesitado arreglos. Yo fui dizque que el inspector que mandó la ciudad a revisar los cimientos de la casa. Pete me dijo dónde estaban las joyas; eran de su mamá. Nunca me había dicho nada de ellas, el cabrón. Parece que valen un chingo.

- Sí, se ven.

- Voy a ir a venderlas. Dice Pete que él sabe de un joyero fiable en la calle de Broadway; ya lo busqué en Internet y sí se ve de confianza su changarro. Luego voy a crearle un fideicomiso a mi nieto con estipulaciones de que no puede hacer uso de la lana hasta que cumpla los dieciocho y sólo para fines de su educación, igualito que a mis hijas.

Y para la última parte te necesito a ti, mija. Te voy a pedir de favor que le entregues a María mi hija un documento donde le explico cómo dejé ya todo resuelto lo de la educación de Kevin, ya pa' que no ande jodiendo al pobre muchacho ese. Dejé el paquetito en el Fairmount Hotel, ¿sabes dónde queda?

- ¿El que está en South Alamo?

- Ese mero. El paquete está en el mostrador del lobby a nombre de Obdulia Martínez. La contraseña para reclamar el sobre es 1,2,3,4... te lo puse así bien facilito. Si te acuerdas ¿verdá?...1,2,3,4

Nomás por molestarla pongo ojos de desconcierto.

- Uno, dos, tres y...¿qué? – digo contando los dedos.

Obdulia se me queda mirando con una jeta odiosa.

- ¿Puedes hacerme ese favor o de plano se lo pido a otro muerto? Porque honestamente mija, te veo BIEN pendeja.

- Sí le puedo hacer el favor, doña Obdulia - digo divertida- Pero, ¿por qué no lo hace usted misma?

- Ya no puedo hacer esa consigna porque ya pedí ayudar a otros dos miembros de mi familia que tengo en Ciudad Acuña y no tengo derecho a más. De todos modos te la dejé ya casi casi lista, sólo quiero que tú la finalices.

- Y luego de Acuña ¿qué? ¿Ya acabaste?, ¿Ya te vas al Cielo?

- Nooooombre ¡qué esperanzas! Luego, me tengo que ir a hacer otra consigna a Brownsville, dos a Guatemala, tres la India, y otra a Tonga.

- ¿Tonga? ¿Dónde es eso?

- Por Australia, creo.

- No inventes Obdulia, ¿tan de la fregada te portaste? ¿pues qué tanto hiciste?

- No, ni me veas con esos ojos, mija, porque

¿sabes qué? TOOODO el mundo tiene lo suyito ¿eh? Bueno, mira pon atención a ese sobre. Se lo das en propia mano a María mi hija, nada de que se lo dejas ahí encargado con alguien. Seguro que aquí van a andar un buen rato y si no la encuentras la dirección de la casa te la dejé ahí apuntada en el sobre. 11260 allá en la Zarzamora. ¿Okey?

- Okey, Doña Obdulia, ya entendí. No se preocupe.

- Bueno, ándale mija.

Al poco tiempo vemos salir de la funeraria a Jack y a sus padres. La mamá está pálida y tiene los ojos redondos como plato. Se ve que está aterrada.

- ¿Y ora ésta? ¿Vio un fantasma o qué?

- No lo vio; lo sintió.- digo sin dejar de mirar a la pobre viejita.

Todos guardan silencio. Por lo visto no entienden del todo lo que acabo de decir, pero se pueden dar una idea. No digo más, de por sí Obdulia me ha regañado todo el día.

Los padres de Jack se dirigen a un Mercedes Benz blanco que parece bastante viejo, podría ser un clásico, pero no sé nada de coches, tal vez sólo esté muy jodido.

Jack ayuda a su mamá a entrar al auto. Le pone el sweater con cuidado. Le cierra la portezuela y se mete al asiento del conductor. Al poco tiempo desaparecen al doblar la esquina.

- No se preocupe Doña Obdulia, yo me encargo de que esa demanda no pase. Váyase con tranquilidad a sus ocho mil consignas.

- Okey. Pete, come on, mijo. Les go.- dice Obdulio.

Los hombres se toman de la mano de nuevo, se alejan de la funeraria caminando. Macario y yo los seguimos con la mirada, con la diferencia de que él sonríe con sus ojos derretidos de bulldog y yo los miro con desconcierto.

Definitivamente, aún no tengo la capacidad de ver más allá de lo que mis ojos me dictan. Yo lo único que veo son dos hombres tomados de la mano, uno de ellos poseído por el espíritu de una vieja regañona, el otro, idéntico al cantante de los Bee Gees. Me doy cuenta de lo lejos que estoy de alcanzar esa visión cósmica armoniosa donde todos somos brotes de luz y la madre.

- ¿Bueno ¿y ahora qué? Dónde consigo meterme a otro cuerpo para eso de mi transmutación?

Macario me mira con pereza.

- ¿De verdad no tienes ni media intención de leerte el folleto?

- Para eso te tengo a ti. Explícame y ya está. Odio los folletos.

- Hay centros de transmutación en muchos lugares.

- ¿Y dónde está el más cercano?

- Míralo en el folleto, ¡por Dios!

Antes de sacar el folleto de nuevo, Rosa de Piedras Negras sale de la funeraria. Sigue hablando por teléfono. Se dirige al estacionamiento. Comienzo a caminar detrás de ella. Macario me intercepta.

- ¿Qué estás haciendo? ¿Por qué estás siguiendo a esta señora? ¡Concéntrate, por favor!

- Pues porque quiero ver qué tiene en el sobre.

- ¿Cuál sobre?

- Henry Sacramento, el otro muerto, le dejó un sobre con algo, porque tuvieron una hija juntos. La oí hablando por teléfono.

- Bueno y a ti ¿qué te importa lo que hay en ese sobre?, le prometiste a Obdulia ir por el pinche paquete al hotel y terminar su consigna. Para eso tienes que transmutar a un cuerpo humano.

- Sí, pero María no va a meter la demanda hasta el lunes. No urge.

- ¿Estás segura de que quieres seguirla?

- Sí. Además, ¿tú qué tanta chamba puedes tener hoy si es Thanksgiving? Hoy todo está cerrado, nadie va a querer hablar con un manager.

- ¿Y eso qué?

- ¿Cómo que qué? Que me vas a acompañar. ¿No que muy fiel hasta la muerte?

- Ya ESTOY muerto, ¿te acuerdas? Mi débito de lealtad, en teoría, ya caducó.

- Muy listo, muy bien. Entonces acompáñame nomás porque sí. Ándale.

- ¿Te das cuenta de que eres sumamente dependiente? No te gustaría, aunque fuera en tu novela, intentar pintarte como una mujer más independiente?

- Mira, si no me acompañas, no importa, tengo buenos personajes en otros cuentos. Lo único que tengo que hacer es buscar en mi computadora todos los cuentos que he escrito, buscar un buen personaje, hacerlo aparecer y listo, y no es por nada pero tengo muy buen repertorio.

Macario me voltea a ver con un sentimiento de tristeza bestial en su mirada.

- No, ni me pongas esos ojos, eso conmigo no va a funcionar. ¿Vienes conmigo o te quedas?

Rosa se sube a un Ford Focus rojo. Siento un alivio al ver a Macario siguiéndome y subiéndose al coche conmigo. Nos trepamos rápidamente al asiento de atrás. Le doy palmaditas a Macario en la cabeza y le rasco la parte de atrás de la oreja. Macario lo agradece en un gesto juguetón. Rosa está tensa y voltea la cabeza varias veces en nuestra dirección. Sabe que alguien está aquí. Cada vez que voltea, nos agachamos como si pudiéramos escondernos de ella.

Arranca el coche y nos paramos en un Frost Bank donde Rosa se tarda unos veinte minutos en salir. De ahí, nos dirigimos a una gasolinería. Después de llenar el tanque, Rosa abre la puerta del asiento de atrás y observa, luego estira la mano como buscando algo en el aire. Comienza a divertirme este juego del escondite con ella.

- ¡Pobre mujer! - digo en susurros. - Así se deben de sentir los que traen negra la conciencia, como que el chamuco los persigue todo el tiempo.

Macario se ríe con su risa de Pulgoso. Rosa toma su celular y marca un número.

- Hola Toña. Oye lo que te voy a decir. ¿Estás sentada? Porque no quiero que te me desmayes. ¿Ya ves que vengo del funeral del Señor Sacramento en San Antonio? Sí, exacto. Pues le dejó a su hija un cheque a mi nombre por un millón de dólares... Sólo que hay un detalle, no hay ninguna hija, la hija me la inventé yo.

Macario y yo nos miramos atónitos. ¡Un millón de dólares! ¿No hay ninguna hija? ¡Hija de su madre!

- Ya ves, te dije que te convenía venir de metiche, estás encantado, no te hagas.- le digo a Macario con satisfacción. Rosa sigue hablando.

- ...estoy cargando gasolina y de aquí me pinto a Nuevo León sin escalas. Debe de estar cargadita la carretera por ser Thanksgiving así que calculo llegar en la tardecita.

Macario y yo nos miramos de nuevo.

- ¿Ya oíste? Vamos a México.- dice Macario aún en susurros.

- Pues vamos.

El coche arranca y Macario se queda muy pensativo durante varios minutos. Cierra los ojos. No lo había visto tan serio antes.

- ¿Qué pasa Macario?

- Nomás te informo que no voy a regresar a Estados Unidos. Me voy a quedar en México.

- ¿Te vas a quedar en México? - pregunto.

- Tengo un asunto pendiente con Sonia.

- ¿Quién es Sonia?

- ¡La Secretaria!, la mujer de la que me enamoré en el cuento que escribiste hace diez años. Le puse Sonia porque tú ni siquiera tuviste la delicadeza de nombrarla en tu cuento. Le decías "La Secretaria", un poco déspota de tu parte ¿no?, pero en fin. - dice Macario en tono reprobatorio.

De pronto Macario comienza a dar manotazos. Está realmente molesto. Me quedo en silencio y lo dejo hablar.

- Me arrastraste de un cuento a otro de repente. En el primero, me obligaste a enamorarme de una secretaria, acabamos viviendo juntos. Tú te quedaste tan tranquila en tu mente, final feliz, entregaste tu tarea en la escuela y tan tan, pero nosotros seguimos con nuestras vidas. No creas tú que a Sonia se le facilitó vivir conmigo, hemos tenido unas crisis espantosas, ella nomás no me entiende. ¡Es lógico! Yo soy un perro, estar con una mujer es una traición a mi naturaleza. Ella quiere ir a una terapia de pareja, ¿qué le voy a decir al terapeuta?, ¿Que soy un perro?, yo no quiero que me receten chingaderas para el cerebro, yo no creo en los psicotrópicos, esas cosas modifican los procesos bioquímicos naturales del cerebro.

Luego, en medio de todo ese meollo, tú me matas, me arrastras a otro cuento y me colocas en Tejas de manager de una funeraria. ¿No pudiste haber encontrado un trabajo más pinche que ese? ¡Yo soy un profesor de filosofía, carajo! ¿Sabes lo que es para mí estar lidiando todos los días con muertos estúpidos que no entienden la dinámica de las consignas? Mira, necesito irme a la Ciudad de México a recuperar mi vida, mi trabajo, y además, hay algo más, me debes un favor.

- ¿Qué?

- Quiero que me regreses al cuento pasado, por supuesto quiero volver a estar vivo y aprovechando que en el otro cuento no existe esta dinámica de los vivos y los muertos, quiero que mates a Sonia y que la desaparezcas. Ya no la quiero y no quiero lidiar con separaciones, divorcios y estupideces. No tengo ni el tiempo ni las ganas. Sólo mátala y ya.

Me quedo helada.

- No inventes, Macario, Sonia es tu esposa. No tienes madre.

- Yo nunca decidí nada. Una bruja me dio una pócima. Eso, según la Iglesia Católica es motivo de nulidad, en Estados Unidos podría demandarte por ultraje a mi dignidad, en el Medio Oriente, ni se diga, te hubieran apedreado y amputado una mano por hacer algo así.

- ¡Macario!

Macario está tan enojado que comienza a levantar el labio superior cada vez más. Me da miedo que en algún momento me suelte una mordida. Me alejo hacia la ventana un poco.

- Mira, yo te voy a acompañar con Rosa pero de ahí yo me sigo hasta el D.F. Eso de San Antonio y la funeraria, no, ni madres, no va conmigo. Quiero llegar a México a mi antigua vida, quiero ser profesor de filosofía y vivir solo en mi departamento de la Condesa. ¡No quiero una pinche loca que me esté jodiendo la existencia!

- Macario, yo no te hice un cabrón.

- Tú NO me hiciste, punto. Métetelo en tu cabeza de una vez.

- Pues a mí me parece de lo más injusto matar a Sonia.

- ¡Ay, por Dios, ya ni te acordabas de ella!

No sé qué responder. Me sale del alma un "Vamos a ver". La respuesta que doy veinte veces al día a mis hijos ante mi indecisión cuando aparento estar en control, pero en realidad no sé qué responder.

Macario cambia de ánimo de un segundo a otro. Se relaja y respira. Se acomoda en el piso del asiento trasero, ocupa todo el espacio del coche. Recuesta su cabeza en mis pies y cierra los ojos plácidamente como si mis zapatos fueran una almohada de pluma de ganso.

- Vamos a ver.- repito.

Pero Macario ya está más pallá que pacá. Al poco tiempo, puedo oír sus ronquidos. Le doy palmaditas en la cabeza.

FRONTERA
ESTADOS UNIDOS-MEXICO
PUENTE LAREDO-NUEVO LAREDO

En el camino escuchamos las listas de canciones que trae Rosa en su iPhone. Me sorprende que tiene bastante buen repertorio. Los ochentas, innegablemente la época que puso el Rock en un pedestal; Madonna, Michael Jackson, U2, Pink Floyd. Pero también tiene intercaladas rolas actuales, música que bien podrían estar oyendo los jóvenes en un antro. Se sabe todas y cada una de las canciones. Las canta con sentimiento. A ratos, le pega al volante con las dos manos como si fuera una batería. Hay una vibra alegre de esta mujer. ¿Cómo no va a estar alegre, si hoy se volvió millonaria?

Llegamos por fin a la frontera. No hay tanta cola como Rosa había previsto. Cruzamos la garita despacio y después el puente que atraviesa el Río Bravo. Hay un letrero en el mero centro que lee de un lado *Boundary of the United States of America*, una línea vertical y del otro lado *Límite de los Estados Unidos Mexicanos*.

El lado que indica que es de México está recién pintadito. Su blancura hace contraste con el gris donde empieza Estados Unidos, como diciendo: Pues sí, estoy más jodido pero al menos vengo arregladito a cruzar la frontera.

Y así, de repente, ya estamos en México. El aire es el mismo, el sol calienta parejo, el planeta sigue girando igual, pero a nuestros ojos tontos, acabamos de cruzar al "otro lado", como si se tratara de otra dimensión.

Ni el puente ni el río son muy grandes. Si no supiéramos que este puente va de un país al otro, no tendría nada de especial. Si no supiéramos que unos metros más abajo de nosotros queda pisoteada la dignidad humana todos los días, nos sería completamente indiferente.

De un instante a otro, el corazón me retumba con fuerza y todo mi cuerpo, mi espíritu o lo que sea que me queda, tiembla como caballo que reconoce que está cerca de su rancho después de una larga cabalgata. Estoy en México. Llegué a mi casa.

El policía de la segunda caseta es bastante cordial con Rosa.

- Buenas, seño.- dice el hombre con voz cansada.

- Aquí tiene.

Rosa le entrega una tarjeta enmicada que tiene en la guantera junto con sus documentos. El hombre apenas los voltea a ver.

- Bienvenida, pase por favor.

Antes de acelerar, Rosa jugetea con su iPhone y selecciona rápidamente una canción. Las dos sonreímos cuando oímos la voz de Vicente Fernández comenzando con su:

Yo sé bien que estoy afueeera
Pero el día en que yo me muera
Sé que tendrás que lloraaaar

- ¡Ay pero qué cliché!.- dice Macario- *México Lindo y Querido* llegando a México.

- ¡Ay ya! No seas amargado, pinche Macario. A todo el mundo le gusta Chente.

No decimos más, pero cuando viene el coro, le canto al oído nomás para joder:

México lindo y queeeeeerido
Si muero lejos de ti
Que digan que estoy dooooormidoooo
Y que me traigan a ti

Después de Chente, Rosa pone un repertorio de mariachi mexicano. *Juan Charrasqueado, El Aventurero, El Son de la Negra, Serenata Huasteca, El Mariachi Loco, El Rey.* Ella también está emocionada de regresar a México. ¿Cuánto tiempo llevará fuera?

Rosa saca de su bolsa unos cacahuates japoneses Barcel. Se me hace agua la boca con cada tronido que hacen cuando se destrozan en sus dientes. Se me viene a la mente de inmediato el recuerdo del sabor agridulce y salado del cacahuate japonés.

Me queda claro que no puedo comer en este nuevo estado. Ya es casi la hora de la comida y no me ha dado ni pizca de hambre en todo el día. Qué tristeza. Venir a México y no comer es lamentable, una tortura igual a caminar descalzo sobre las brasas. Para agudizar mi miseria, el aire al poco tiempo se impregna de olor a fritanga.

- ¿Sabes qué es lo primero que voy a hacer cuando haga mi transmutación?- pregunto.

- ¿Qué?

- Voy a ir a un mercado a comer quesadillas. Quiero unas de a de veras, nada de tortilla de harina y queso amarillo con sabor a comino. Ni madres, quiero comida mexicana de verdad.

Nada más de pensar en salsa verde picosa me empiezo a poner nerviosa, comienzo a juguetear con las manos. Me miro las uñas, me jalo los pellejitos de las cutículas con los dientes. Macario me pone una mano en la rodilla.

- Regina, contrólate. Hay que calmar el instinto. Estás muerta. Tu bestia interna debe de estar desaparecida para este entonces.

Suelto una risa burlona.

- ¡Mira quién habla de bestia interna!

- No es lo mismo- dice Macario ofendido.-No has entendido que yo SOY un perro. Mi alma es canina, no tengo nada que reprimir.

- ¡Ni yo!

Macario se cruza de brazos y me mira retador. Lo ignoro por un momento. De pronto, Rosa abre todos los vidrios del coche y en un movimiento brusco, Macario asoma la cabeza con el vidrio a medio bajar y saca casi todo el cuerpo por la ventana. *¿Y ahora éste...¿qué está haciendo?*

- Macario, ¿qué haces? ¡Métete en este momento! ¡Si pasa un camión te puede arrancar la cabeza!

Intento subir el vidrio, obvio no puedo, estoy muerta. Mi dedo traspasa el botón. ¿Por qué siento como si estuviera en el coche con mis hijos?

Macario comienza a ladrarle a los perros callejeros. Los perros le ladran de regreso y aunque sé que nadie me está viendo, instintivamente me pongo la mano en forma de visera para taparme la cara y agacho la mirada. Dios mío, ¡Qué vergüenza!

Atravezamos Nuevo Laredo y tomamos la carretera que lleva a Nuevo León. No tengo idea a dónde va Rosa. Desde Luego Piedras Negras no está por aquí. Después de unas dos horas veo un letrero que dice:

BIENVENIDO
A LAMPAZOS
DE NARANJO NL

¿Lampazos de Naranjo? ¿Dónde es eso? Antes de adentrarnos en el pueblo, damos vuelta en un camino de terracería polvoriento. Rosa sube los vidrios para que no entre el polvo y la diversión de Macario de sacar medio cuerpo por la ventana y ladrar se termina, a Dios gracias.

Nos adentramos unos cuantos kilómetros y llegamos a algo que se asemeja a un ranchito. Hay algunos caballos sueltos, una vaca, muchas gallinas y un corral donde hay tres puercos echados en el lodo. Rosa baja la velocidad y se acerca a una casa de dos pisos.

Antes de que paremos, un montón de niñitos salen de todos lados y se acercan corriendo al coche. *¡Hola niños!* grita Rosa. Se baja del coche y los niños la rodean abrazándola. Son diminutos. Los menores apenas caminan y los mayores tendrán unos cinco años. Al final puedo contar unos diez.

De la casa sale una mujer muy sonriente. Está pintando algo. Tiene un delantal manchado de brochazos y las manos llenas de pintura morada. Increíble, es idéntica a Rosa; la misma cara, el mismo cuerpo. Lleva el pelo distinto; el suyo es más largo y rizado, tiene muchas canas. Rosa tiene un corte moderno a la quijada y el pelo pintado de negro.

La gemela está vestida con pantalones de mezclilla flojos y tiene pintura embarrada en la cara. Rosa lleva un traje sastre pegado al cuerpo que le acentúa la redondez de las nalgas y la pechuga y lleva tacones. Distintas pero idénticas.

- Pérate, no te vaya a manchar, que vienes

demasiado elegante.

La gemela se quita el delantal y se frota las manos con un trapo húmedo para quitarse la pintura de las manos. Después de quedar limpia, le da un abrazo con fuerza. Luego se desprende de ella y la inspecciona.

- A ver, deja te veo. Estás guapísima, ¡condenada! ... Ay Rosa, ¡No puedo creer la suerte que tienes! Estoy muy feliz por ti.

- ¿Y los demás niños donde andan? – pregunta Rosa.

- Se los llevaron al ojo de agua.

- ¿No van a celebrar Thanksgiving por acá?

- Por acá nada de pavo, puros tamales. – dice Toña muy sonriente.

Volteo a ver a Macario quien inspecciona el lugar con curiosidad.

- ¿Ya viste que son gemelas?

Macario asiente olfateando el lugar.

- ¿Qué es este lugar? - le pregunto.

- Yo qué sé, tú eres la escritora.- dice Macario indiferente.

- Parece como una guardería ¿no?

- ¿Una guardería? Tu imaginación es definitivamente muy ...particular.

Lo miro largamente. Para este punto, ya está a cuatro patas olfateando cada rincón y levantando la pata como queriendo marcar su territorio.

- Eso no te lo discuto.

Las mujeres entran y yo con ellas. Macario se queda afuera hipnotizado mirando fijamente a las gallinas en posición de ataque.

- ¿Quieres corretear a las gallinas o qué? - le pregunto a Macario en broma.

Macario no me voltea a ver, está muy quieto mirando fijamente a las gallinas. Habla despacio, casi sin mover los labios.

- Ándale pues, sacia tu adrenalina. Yo te pongo al tanto después. Ya sé que para ti perseguir gallinas es algo tan extremo como echarte del bungee.

Macario salta eufórico y le ladra a las gallinas. Todas y cada una de ellas corren despavoridas. Los niños notan el alboroto y se ponen a corretearlas también. Macario las persigue con cara de malo, enseñado los dientes.

Me queda claro que los animales sí pueden percibir a los muertos. Estas pobres gallinas no entienden qué está pasando pero saben que hay que correr por sus vidas. Por más que me gustaría quedarme a ver cómo Macario mata de un susto a las gallinas, entro con Rosa y Toña al lugar.

El espacio es amplio y en la pared hay dos pizarrones con gises de colores. Hay unos libreros hechos de huacales con libros ordenados por tamaños. También hay cubetas de aluminio con materiales distintos. En una hay colores y plumones; en otra tijeras, en otra bolas de algodón y en la última cubeta hay resistoles.

El orden y la limpieza del lugar contrastan con la libertad de los cientos de pajaritos de papel de colores que cuelgan del techo con hilos de distintas alturas. Cuando uno abre la puerta, los pájaros vuelan en la dirección del viento. Las paredes están pintadas con murales. En casi todas hay árboles fantásticos de formas onduladas. Toña está justamente pintando una de las paredes con flores moradas simulando una árbol de jacaranda. Estoy realmente azorada con el hallazgo.

- ¿No paras, verdad Toña?- pregunta Rosa con satisfacción.

- Ya sólo me faltan tres paredes y todo va a estar pintado. No lo pinto yo sola, casi todo lo han hecho los niños.

- Lo tienes precioso, Toña. Los abuelos estarían orgullosos de ti, en lo que has convertido el rancho.

Al fondo hay una cocina sencilla. En el centro hay una mesa muy larga con unas veinte sillitas algo más pequeñas que la medida estándar.

Rosa se sienta en un extremo de la mesa y yo me acomodo al lado de ella como si fuera una invitada más. Toña se acerca a la estufa y pone a calentar una olla que al poco tiempo comienza a exhalar vapores de piloncillo. Recozco el olor a café de olla. En unos minutos regresa trayendo un plato con dos tamales oaxaqueños verdes y brillosos. Se los acomoda a Rosa y le da un tenedor y una servilleta de tela. Rosa sonríe, toma las manos de su hermana y las aprieta entre las suyas.

- ¡Cómo extraño los tamales del rancho!

- Pues ya sabes que aquí en Las Morochas hay tamales todos los días. Deja que hierva un poquito más el café y te doy una tacita. – dice Toña.

Con cuchillo y tenedor, Rosa abre la hoja de plátano con cuidado, como si fuera un regalo muy fino que está desdoblando.

Me gusta el estilo de esta mujer, la manera en la que mueve los cubiertos, sin hacer ruido, casi retando al metal a ser discreto.

El vapor humeante de salsa verde y masa de maíz asciende del plato como un alma que sube al cielo. Rosa da la primera probada y siento una envidia casi satánica, tanto así que Rosa voltea a mi dirección y pone cara de angustia.

- ¿Ora si cuéntame, cómo fue que el viejillo te dejó esa cantidad de dinero? ¿Cómo que pensaba que tuvieron un hijo?

- Mira Toña, te voy a contar la verdad. El señor Sacramento se murió pensando que tuvimos una hija y tenía la cola entre las patas, por eso me dejó toda esa lana.- dice Rosa.

- ¿Estás hablando en serio?

- Sí, Toña, estoy hablando en serio.

- ¿Y cuánto tiempo te acostaste con él?

- Como dos años.- dice Rosa bajando la mirada al piso.

Por primera vez, Rosa pierde su postura de reina y la envuelve un halo de humildad.

- ¿Dos años?, ¡Rosa! ¿Por qué nunca me dijiste nada?

- Porque me sentía avergonzada. fue un error que hace uno de chamaca. En la época que te metiste a trabajar de maestra en la escuela fue cuando yo me crucé por el desierto de Laredo, ¿te acuerdas? Llegué a Estados Unidos de veintiún años. Era una ilegal y no tenía a nadie allá. Al tercer día de haber llegado a San Antonio, me puse a tocar puertas. Pensé que si tocaba las puertas de las casas más grandes me iría mejor y tuve razón.

La señora Sacramento me recibió con los brazos abiertos. Me dijo que llegaba en un momento perfecto. Ella cree en las coincidencias y estaba buscando a una housekeeper que hablara español. Me dio una recámara muy linda y me dijo que me sintiera en casa. Tuve suerte de conseguir trabajo con los señores Sacramento.

Mis quehaceres consistían en limpiar, hacer la comida, cuidar a los dos niños y hablarles en español. La verdad no era mucho y ellos eran muy amables conmigo. Me sentí protegida trabajando en esa casa. Tenía todo lo que a un ilegal le cuesta años conseguir: techo, comida, un buen sueldo y estabilidad. Hasta me metieron a clases de inglés y de manejo los sábados. Pude sacar una licencia de manejo chueca, pero al final ya llevaba y traía a los niños a todos lados.

La otra cara de la moneda fue que el señor

resultó ser bastante pito alegre y comenzó a tirarme los perros de inmediato. Me quería en la cama a toda costa, me decía todos los días que era preciosa, me daba regalitos: un perfume un día, una pulserita otro. Digo, tampoco creas que caí a la primera.

- ¿Pero a la segunda sí?

Ambas se ríen a carcajadas. Yo me uno a ellas.

- A la segunda sí. ¿Pa' qué me hago la santa? Lo nuestro nunca fue un acoso en donde yo me sintiera ultrajada ni forzada ni mucho menos. El señor era encantador. Me sentía halagada que un señor tan millonario quisiera conmigo. Me hacía sentir deseada, poderosa. Nunca me enamoré ni nada por el estilo, pero sí me volví adicta a los regalitos, a los halagos, al final ya hasta me gustaban esas cogidas rápidas y a escondidas por los rincones de la casa, eran como descargas de adrenalina. Lo prohibido tiene su encanto.

- ¡Ay Rosa! ¿Y la señora qué? – pregunta Toña mientras destapa la olla de café hirviendo y sirve dos tazas.

- La señora Sacramento era un ángel, me trataba como a una hija y me remordía la conciencia todos los días. *You are such a smart and pretty girl, you have so much potential, Rosa.* Me decía siempre. Me sentía culpable y no la podía ver a los ojos. En el fondo, uno sabe lo que debe de hacer y lo que no. Vivir así me estaba pudriendo el alma, Toña. La traición me empezó a calar, me empecé a deprimir.

Luego cuando se murió la ma y a ti se te ocurre transformar el rancho en una casa para los niños de la calle...nooombre, ¡eso sí me caló! Cuando hablaba por teléfono contigo y me contabas de los niños que habías recogido, de cómo querías conseguir mesas, pizarrones, contactar agencias de adopción para colocar a los niños con buenas familias yo sólo pensaba en lo jodida que yo estaba: tú por acá en Lampazos sin casi nada hacías tanto bien, y yo por allá en San Antonio, con tanto, hacía tanto mal.

- No Rosa, no digas eso. Ha sido gracias al dinero que me pasas cada quincena que logramos hacer todo esto. Desde que empezamos, he podido colocar a sesenta niños. Con cogidas o sin cogidas pero tú fuiste parte de esto igual que yo, eso que ni qué.

- Ya lo sé, y con ese argumento me justificaba cada que cogíamos, pero de todas todas me sentía muy mal, Toña. Yo ya me había encariñado mucho con los niños y con la señora. Pero ya no podía vivir así y decidí renunciar después de unos años de trabajar con ellos. Pero cuando les dije que me quería ir, me suplicaron que me quedara, me quisieron aumentar el sueldo. La única manera que se me ocurrió para que me dejaran ir en paz fue decirle al señor que estaba embarazada.

Se asustó y me sugirió que me hiciera un aborto. Me puse muy digna y le dije que cómo se atrevía a pedirme que le hiciera eso a su propio hijo. Cuando le dije esto se echó a llorar y a pedirme perdón. Me sobaba la panza y le pedía perdón a su hijo en español ...*Perdounamei ihouu,* le decía mil veces con su acento tejano, como asumiendo que por estar en mi panza, el bebé no hablaría inglés.

Al poco tiempo le dije que había decidido tener al niño pero que me quería regresar a México a estar con mi familia. El señor era un protestante muy religioso y le causó un conflicto terrible todo el enredo. El pobre se estaba volviendo loco. Fuera de ser un rabo verde, tenía buen corazón. Que en paz descanse.

Ambas se persignaron y besaron sus dedos en forma de cruz al mismo tiempo.

Le conté al señor que me iba a regresar dizque a Piedras Negras. Le di una dirección falsa porque me dijo que quería seguir en contacto conmigo.

- ¿Y por qué se te ocurrió Piedras Negras?

- Por decir algo que estuviera lejos de Lampazos de Naranjo. Desde el principio les dije que venía de otro lugar, no le iba yo a decir que era de aquí de Lampazos, no vaya a ser que me fuera a encontrar algún día. No quise tener más vínculos con ellos que el trabajo.

- Ay Rosa, qué lista saliste, me cae...

- Total que yo me despedí. Le dije a la señora el mismo cuento, que estaba embarazada pero obviamente no de su marido y que quería tenerlo en México. Se puso muy triste, hasta me tejió unas chambritas para el supuesto bebé, y yo me moría de la vergüenza. Me quería ir de ahí de inmediato.

El señor Sacramento me abrió una cuenta y me dijo que todos los meses de su vida me haría un depósito. Yo ya le había inventado que me dijeron que estaba esperando una niña. No era muchísimo dinero, pero para mí era como haberme ganado la lotería. Con eso podía vivir en un departamento muy digno, hacer el súper, pagar las cuentas de luz, agua y todo lo demás. Le dije que me regresaba a México, pero en lugar de eso, me fui a vivir a California. Ahí hice muchos amigos. Es increíble lo que puede lograr uno en Los Ángeles. Es una ciudad donde todo es posible, me cae. Logré sacar mis papeles en friega. Yo ya no quería ser una ilegal. Quería regresar a México y entrar y salir del país como Pedro por su casa.

- Y de los papeles ¿cómo le hiciste?

- Ahorré unos meses y le pagué tres mil dólares a un tipo para que nos casáramos y me dieran la Green Card.

- ¡No inventes! ¿No te dio miedo?

- ¿Lo de la Green Card? Nombre, Toña, es de lo más común allá. Nomás tienes que inventarte una historia con el supuesto marido, te la aprendes de memoria y no te pones nerviosa. Total si me cachaban pues seguía de ilegal como estaba y ya. Si se ponían perros y me deportaban, pues me regresaba contigo a Lampazos y ya. Así, pus flojita y cooperando. Y pues lana hace lana, así que ya con la Green Card me metí a trabajar en una tienda de ropa. Yo había visto vestirse a la señora Sacramento, sabía sus combinaciones de bolsas y zapatos. A cada rato iban a sus cenas y a sus galas y eventos. Yo me fijaba muy bien cómo se viste una señora elegante en Estados Unidos, porque es bien diferente a cómo se visten las señoras elegantes en México; y ya ves que siempre me ha gustado la moda. A los dos años me salí de ahí porque me contrataron de vendedora de otra tienda de vestidos de novia mucho más elegante que se llama *Bride's Pride* en Beverly Hills, y ahí llevo desde ese entonces. Así que con el despósito mensual del viejillo, el sueldo de la tienda y las comisiones de las ventas me ha ido bastante bien. Ahora que se murió el viejito pues ya no habrá depósitos, pero de la herencia del millón de dólares quiero darte la mitad a ti para el rancho, para que a los niños no les falte nada y puedas establecerte ya más en forma.

- ¡Ay Rosa! Dios te lo pague.

- ¿Sabes qué Toña? No creo que Dios esté muy contento conmigo. Todo lo que tengo lo he recibido por mentiras. Este dinero no es honesto. Y siento algo raro, no sé, como que alguien me anda siguiendo.

- ¿Cómo que alguien te anda siguiendo?

- Sí, como un espíritu o algo. Siento como una presencia, un fantasma que me está siguiendo. No sé qué es lo que quiere. Lo siento desde que la señora Sacramento me entregó el cheque.

- Ay no creo, Rosa. Ya estás igual que la ma, sintiendo espíritus a cada rato ¿A poco no crees que Dios quiere que a estos niños los rescatemos de la calle y los coloquemos con buenas familias?

- Sí, claro, por eso te vine a decir que ya te deposité quinientos mil dólares hoy en la mañana a tu cuenta. Te lo quería venir a decir en persona, no te quería decir todo esto por teléfono. Me gustaría quedarme más tiempo contigo pero ya me tengo que regresar. Voy a agarrar carretera antes de que se me haga de noche, al menos para llegar a Laredo y dormir en un hotel por ahí. Me voy a regresar manejando hasta Los Ángeles porque es Thanksgiving y los boletos están carísimos.

- Híjole Rosa, pues te espera un largo viaje. Llévate al menos un itacate de tamales para el camino.

Toña se levanta y abre el refrigerador. Saca una cazuela llena de tamales, los vacía todos en una bolsa de plástico y le hace un nudo.

- ¡No me los des todos! ¿Qué voy a hacer con tantos?

- Tú llévatelos, total, aquí hacemos más.

- Bueno, pues órale.

- ¿Rosa, me estás dando ese dinero por miedo? ¿Para que ese espíritu te deje en paz?

Rosa se acerca al oído a Toña y le dice en un susurro que apenas logro escuchar:

- Espero que quinientos mil dólares sean suficientes para que ese espíritu me deje en paz.

Rosa tiene una cara de susto que hace que Toña se ponga seria.

- Ay Rosa...Dios te libre.

Toña hace la señal de la cruz y le da la bendición a su hermana.

Dios no te va a librar por el momento, Rosa. Estoy demasiado divertida contigo.

Una mirada de desaprobación me hace voltear a una esquina de la cocina donde veo a Macario muy serio y molesto como si hubiera escuchado mi pensamiento.

No, no, no...Tú ni me vengas a exigir un comportamiento noble y heróico, que hace dos minutos andabas persiguiendo gallinas y levantando la pierna para echar una firma.

HEB
(281 Y EVANS Rd.
SAN ANTONIO, TX)

Cuando le cuento a la gente mi primer encuentro con Obdulia en la Corte, algunos me han preguntado que por qué elegí a esa vieja hedionda, amargada y gritona para ser uno de los personajes del Día del Guajolote. Freud creía que somos todos los personajes en nuestros sueños. Creo que lo mismo pasa con una novela; cada personaje es una parte que reconocemos de nosotros mismos. La pregunta es ¿qué parte de mí misma reconocí en Obdulia? ¡Pues esa! La vieja hedionda, amargada y gritona, no hay más.

Cuando mi hijo mayor vio por primera vez la película de Peter Pan, yo nomás por molona le dije: *Pido ser Peter Pan y nadie me puede copiar.* Crecí rodeada de gente molestona. En una familia de treinta nietos y cinco hermanos uno aprende el arte con naturalidad. Pero para mi sorpresa, Manuel, que tenía en ese entonces unos seis años, me dijo tranquilamente: *Okey.*

- Pero, ¿no quieres ser Peter Pan tú?

- No mamá, yo quiero ser Garfio.

146

De todas las películas que veía o cuentos que leía, Manuel pedía ser el villano. Tanto así que me empecé a preocupar como siempre hacemos los padres primerizos. ¿Por qué siempre querrá ser el malo?

Años después, me di cuenta que mi hijo a sus seis años, captaba algo que el común denominador de las personas no se da cuenta a tan corta edad todavía: los villanos son, invariablemente mucho más interesantes, divertidos y geniales que los nobles y virtuosos héroes de los cuentos. Fíjate y dime tú, ¿quién tiene más personalidad, Blanca Nieves o la madrastra? , ¿Ariel o Úrsula?, ¿Aurora o Maléfica?, ¿un perro dálmata o Cruella De Vil?, ¡No me jodas! Pero igual, de nada sirve escoger SER un personaje, porque al final, en una sola vida alcanzamos a ser todos.

Pensando en qué momento del camino somos heroes y en qué otro somos villanos yo me pinto de colores al súper porque se me olvidaron los chocolates que van a acompañar a los postres.

Les tengo un especial respeto a los restaurantes que sirven el café acompañado de un mini chocolatito en el plato.

Mi abuela Luz, que sin lugar a dudas es la mujer con la personalidad más extraordinaria que conozco, tiene una fijación con las miniaturas; colecciona figuritas diminutas de porcelana y las pone en una vitrina de cristal que a lo largo de los años se ha ido retacando de chácharas. En su despensa hay botecitos de mini mermeladitas que se lleva de los hoteles, salsas Tabasco diminutas, mini botellitas de Cátsup, todo miniatura. Yo creo que saqué eso de ella: la tacita, la mini cucharita, el chocolatito al final. Es como decir: Mira, te voy a dar el último regalito antes de que te vayas. Nomás de imaginarme la cara de mi abuela descubriendo el chocolate en el plato de café y diciendo: *¡Mira nada más esta monada!* corro al supermercado.

El súper que me queda cerca es el HEB más grande de Texas. Es gigante, "Texas size". En un principio pensé que me iba a abrumar con tanto producto de dónde escoger pero hoy en día, sé que aunque haya mucho, al final, siempre voy por lo mismo y ya me sé de memoria mi caminito.

Me gusta ir al súper. Me parece un lugar lleno de vida. Me encantan los lugares atiborrados de colores, de formas, de olores. Me recuerdan a mis idas al Mercado de Tizapán en la Ciudad de México cuando era niña.

En esa época ya íbamos al super a la Comercial Mexicana, tampoco soy tan vieja, pero de todos modos, de repente íbamos al Mercado de San Ángel o al de Tizapán que quedaba al ladito de mi casa.

Había algo excitante y salvaje en ir al Mercado. Los chiflidos de los vendedores yo creo que era lo más inquietante. *¡Mamaciiiiita!* La risa que les debíamos de dar; niñas vestidas de uniforme de colegio de monjas, asustadas y mirando al piso. Hacíamos como que no oíamos y nos seguíamos derecho. Hoy en día mataría por un piropo de esos en la calle. Pero obvio, ya no hay tantos y menos en este país donde el gringo no anda por ahí gritándole a las mujeres en la calle ¿Ya ves por qué te digo que en la vida vas siendo todos los personajes?

Me gustaban también los gritos de las marchantas: *¿Qué le damos güerita?* Los colores, las piñatas colgando, el puesto de brujería con sus miles de santitos, ramitos de hierbas y embrujos. El puesto de las canastas donde huele a paja fresca como si hubiera sido cortada esa mañana. La carnicería con sus cadáveres colgantes destazados por todos lados y vísceras de colores que cuelgan dentro de las vitrinas. La pescadería con los miles de pescados de escamas metálicas que exhalan sus poderosos hedores.

El puesto de las flores llenos de cubetas de agapandos, alcatraces, gerberas, astromelias, girasoles y nubes, siempre repletas y a reventar. Y así, entre gritos y colores, entre frutas y cadáveres, entre piñatas y veladoras, todos los puestos, cada uno con sus encantos, compiten por seducir al cliente. Es como si México entero se hubiera compactado en una edición de bolsillo.

No me acuerdo si fue en primero o segundo de primaria, pero por ahí de esa época, me sedujo el puesto de las veladoras del Mercado de Tizapán. No me preguntes porqué pero se me había metido en la cabeza la idea de tener un altar propio. Hay un clóset en mi cuarto de soltera en casa de mis papás en México donde guardábamos los disfraces. Es un pequeño espacio donde apenas cabe una persona parada dentro. Elegí este lugar para transforarlo en mi altar.

Vengo de un país y de una familia muy religiosa; éramos devotos de Dios, de la Virgen en sus diversas presentaciones y de todos los santos. Íbamos unas tres veces al año a peregrinaciones a la Basílica de Guadalupe y acompañábamos a mi papá a rezar el Rosario al menos una vez a la semana.

En mi altar, coloqué una imagen de la Virgen de Guadalupe y otra de San Antonio que puse de cabeza para que me consiguiera un buen novio aunque no creo haber tenido más de ocho años.

Prendí las veladoras que había comprado en el mercado y no las apagaba nunca. Dejaba que se consumieran completamente. Cuando una de ellas se acababa, entonces se me cumpliría algún deseo; esa era la regla que yo había inventado. Entonces iba y compraba otra veladora. Trataba de comprar las más chiquitas que no tenían tanta cera, porque las grandes tardaban siglos en consumirse y por lo tanto, mis deseos tardarían más en cumplirse. Rezaba un misterio del Rosario hincada en la mañana y otro en la noche. Luego me salía del clóset y cerraba la puerta. Todos los días cometía la increíble estupidez de dejar las veladoras prendidas, a puerta cerrada, en un cuartito hecho todo de madera. Me parecía lo más natural del mundo, en las iglesias así se quedaban.

Me gustaba el olor que había al entrar a mi altar. Olía a madera y a cera. Me gustaba cómo se iluminaban las paredes con luces ténues que bailaban, tenían un efecto hipnótico. Se me hacía de lo más místico y elegante tener un altar propio. No me acuerdo durante cuánto tiempo me duró esta euforia del altar en mi clóset pero sí fueron varios días, tal vez hasta meses, al menos así lo recuerdo.

Claro que mi devoción iba menguando con el tiempo. Al final de los días, sólo cambiaba las veladoras pero ya no rezaba los misterios. ¿Cómo no se incendió la casa? No me preguntes.

Un día, mi mamá, que generalmente nunca gritaba ni se enojaba con nosotros, pegó un alarido cuando descubrió mi altar en el clóset. *¿Te das cuenta de lo peligroso que es esto? ¡Se puede incediar la casa!* El cuartito se llenó de un humo blanco y denso cuando mi mamá apagó las veladoras y con eso, mi altar quedó clausurado para siempre y volvió s ser sólo un clóset de los disfraces.

Cuando vuelvo a México y duermo en mi cuarto de soltera, me gusta abrir el cuarto de los disfraces que ahora sirve de bodega de triques que conservamos mis hermanas y yo de nuestra vida de solteras; álbumes de ex novios, rosas disecadas, anuarios escolares, carpetas con cuadernos, cartitas de amigas, fotos de viajes. Me puedo pasar todo el día ahí metida. Yo creo que conservó el misticismo de su época de altar y ahora es un pequeño santuario que cuida reliquias de otra era.

En el HEB también venden veladoras con la imagen de la Virgen de Guadalupe o de San Judas Tadeo estampado en el vasito de cristal.

Aquí no hay un puesto de veladoras como en los mercados mexicanos, no. Aquí en Estados Unidos están en el súper, en la sección de los aromatizantes, junto a esas velas de olores que se ponen en los baños. Pensándolo bien, prender una vela en un baño de visitas para camuflajear el olor a mierda con algún aroma de nombre ridículo como "Fresh Summer Breeze" o "Apple and Cinnamon Pie Delight" ¿qué no representa el mismo peligro que mi altar pa' tal caso?

Ahora ya se puede conseguir todo en un súper. TODO. ¿Quieres Alka Seltzer? Sección de farmacia. ¿Quieres huachinango? Sección de pescadería. ¿Quieres tortillas? Pasillo 4. ¿Necesitas plumones y engrapadora? Pasillo de oficina. ¿Necesitas sacar efectivo? Pasa al cajero a la salida. ¿Quieres chocolatitos? Hay un pasillo repleto que es a donde me dirijo en este momento.

Escojo un chocolate Lindt amargo al que espolvorean al final con un pizquita de sal de mar. Una delicia. Unas bolitas redondas y brillosas que son granos de café tostado cubiertos en chocolate amargo.

Hoy es Thanksgiving y el HEB es lo único que está abierto en toda la ciudad. San Antonio parece un pueblo fantasma. Así que si se te ofrece comprar algo en el Día del Guajolote ya te jodiste porque no habá nada abierto más que el HEB y eso, sólo hasta las dos de la tarde.

153

Me regreso a mi casa con una única bolsita reciclable en la mano. Ya con los chocolates de sal Lindt y los granos de café cubiertos, me siento más armada que un samurai en batalla.

RANCHO LAS MOROCHAS
(CASI LLEGANDITO A LAMPAZOS DE NARANJO, NUEVO LEON)

- ¿Por qué no dejas a la pobre mujer en santa paz? Ya saciaste tu curiosidad de vieja chismosa, ahora déjala ¡por el amor de Dios! ¿No ves que la pobre siente que el chamuco la está persiguiendo? Además, tienes que ir a hacer tu transmutación para empezar con tu consigna.

No sé en qué momento Macario dejó de perseguir a las gallinas, llegó a la cocina y comenzó a joder.

- Pérate tantito, hombre, ¿cuál es la prisa? ¿Por que nos quedemos un rato más? No va a pasar nada. Mira este lugar Macario, un ranchito perdido en medio de la nada con esta mujer que recoge niños de la calle y los coloca con familias. Una sola persona está cambiando la vida de muchos niños. Es increíble.

- ¡Qué poético, qué bárbara!, con razón eres escritora – dice Macario burlándose de mí y luego comienza con un tono más serio y sube el volúmen de la voz.- ¡Te recuerdo que no es lo que QUIERAS hacer, sino lo que te TOCA hacer! Aquí no hay nada que te TOQUE hacer. No sé ni para qué vinimos, cuando estás muerto no puedes andar vagando por el mundo, tienes el tiempo contadito, tienes que hacer consignas. - dice Macario.

Nos interrumpe la conversación una musiquilla robótica. Me sorprende que Macario saca de la bolsa de su saco un teléfono. No sabía que los muertos tuvieran aparatos electrónicos. Tal vez es una prestación para los managers.

- This is Macario Vargas, ¿How can I help you?...Ah sí, hola Obdulia, ¿Cómo van las cosas?... ¿Mañana?...¿Pero cómo? si mañana es Black Friday, se me hace raro... Sí, aquí está conmigo, ahorita le digo.- Macario me mira de reojo y pone cara de poca paciencia.- Muy bien. Adiós.

Macario cierra los ojos y se masajea las sienes. Sus movimientos son rápidos, casi temblorosos. Sus ojos se abren cada vez más y miran a un punto indefinido. Ha perdido esa calma y el ánimo juguetón propios de él.

- ¿Qué dijo?.- pregunto.

- Te tienes que regresar hoy a San Antonio. María decidió mandar la demanda mañana a primera hora.

- ¿Pero cómo? ¿No dijo que iba a ser hasta el lunes?

- Me dijo Obdulia que le habló la abogada a

María y le dijo que podía agilizar el trámite, que le mandara la petición mañana.

Hay un silencio, una pausa que me resulta familiar. Es el trance donde mi cerebro reconoce que tal vez no tomó una buena decisión. Me he dado cuenta que para mí, el nivel de gravedad de una mala elección se refleja en qué tan larga o corta es esta pausa. Esta vez es larga. Macario se cruza de brazos, mira al piso y mueve la cabeza de un lado a otro como diciendo *¡Muy mal!, ¡muuuy mal!* Me percato de que, por mero reflejo, yo también adopté su postura y estoy cruzada de brazos. Sé que ahí viene la cagotiza.

- Te dije que no teníamos nada que hacer aquí pero eres necia. Habemos muchos personajes en este cuento, tenemos vidas, problemas, horarios, no podemos estar todos atenidos a tus necedades.

- Bueno pues entonces hay que regresar, hay que cruzar la línea otra vez y ya.

Lo miro de reojo y espero su contestación. No quiero que se vaya a la Ciudad de México todavía, no me quiero quedar sola. Macario voltea a ver el horizonte unos segundos, luego me mira largamente y respira profundo.

- Te voy a acompañar hasta el puente. Pero ya de ahí, tú te regresas sola.

- Okey.

- Pues órale, métete al coche de Rosa otra vez.

- ¡Pero si todavía no se va!

- Tú métete. Ahí la vamos a esperar, no vaya a ser que cambies de opinión de repente, ya vi que eso de cambiar de opinión se te da igual de natural que cambiar de calcetines.

Con actitud muy digna me subo al coche. Me meto al asiento de atrás y evito el contacto visual con Macario. Ya si te vas a poner en ese plan...pues yo también.

- ¿Y por qué me tengo que quedar aquí en el coche?

Pasan varios minutos donde Macario no me habla. De pronto me remonto a la época cuando me recogían mis papás de alguna fiesta y me metía al coche de mala gana. Ya nomás me falta el reclamo perene...*¿y por qué siempre soy la primera que recogen? ¡A todos los dejan quedarse hasta más tarde!* Mis papás no se tomaban la molestia de responderme y Macario por lo visto tampoco.

No sé cuánto tiempo pasa pero siento que llevamos horas en el coche. Estoy a punto de volver a reclamar y en eso llega Rosa con su itacate de tamales en la mano, se mete al coche y prende el motor.

Me hubiera gustado quedarme en el rancho un rato más; hubiera observado la rutina fascinante de Toña con sus niños, cómo pinta los muros, cómo les enseña, qué va a hacer con los quinientos mil dólares. También me hubiera gustado seguir a Rosa a Beverly Hills, verla vendiendo vestidos de novia. Me la imagino sumamente efectiva como vendedora.

También pienso en Obdulia. Por fin, ¿cuánto le habrán dado por las joyas? Tal vez tenía razón Macario, nunca debí de haber seguido a Rosa. Los muertos no pueden andar merodeando a donde se les de la gana... pero tampoco pueden andar terminando consignas de otros muertos, pa' tal caso. Ahora que lo pienso, Obdulia se vio un poco gandallita al pedirme que terminara su consigna, ¿o no? Y eso ¿qué más da?, de todas todas tú ya te comprometiste con ella, así que te friegas. ¡Carajo!, cómo jode esa vocecita.

EL PUESTO DE LA ESQUINA
(NUEVO LAREDO, TAMAULIPAS)

Después de unas horas, estamos regresando a la frontera. Ya en Nuevo Laredo, paramos en un alto y Macario me dice que echemos un brinco a la cuenta de tres. No estamos vivos para abrir la puerta como Dios manda, eso me queda claro. Pero sorprendentemente, la maniobra es bastante sencilla. Tengo una nueva agilidad en este estado que no tenía cuando estaba viva. Veo a Rosa por última vez. *Bueno ándale, ahora sí ya te dejo en paz, pa' que no digas. Adiós Rosa, ¡suerte!*

Caminamos un poco más adentrándonos en la ciudad y de pronto nos encontramos en una esquina donde cruzan dos calles con un puestito. Es una mesa cuadrada de Pepsi. A los lados tiene tres palos de madera que sostienen una lona de plástico azul improvisada que da sombra. Hay dos hombres sentados en sillas de plástico debajo de la lona, uno es muy gordo y otro es muy flaco. Los dos usan pantalones de mezclilla, botas y sombrero tejano. El gordo tiene lentes oscuros espejeados y están de brazos cruzados. Nos acercamos a ellos sólo porque tenemos que pasar por ahí para agarrar la otra calle.

El gordo tiene una camisa bastante más exótica que el flaco, de seda colorida estilo Versace, reloj y cadenas de oro colgadas del cuello, tiene una pistola. El flaco está vestido más sencillo, camisa blanca de algodón.

Aunque estoy muerta, todos mis sentidos fantasmales me dicen que me aleje de ellos de inmediato. Oímos su conversación. El flaco está hablando.

- ...y yo que le digo al Tuercas, le digo: "Mira Tuercas, tú le vuelves a pellizcar las nalgas a la Chabe y yo te PAAARTO tu madre", le digo. ¿Y sabes que me dice? Me dijo, dice, "Pos ve y dile a tu vieja que mientras tenga esas nalgas tan redonditas no se ponga pantalón de cuero..." che, pendejo puto.

- Pinche Tuercas, ta' pendejo, el cabrón.- dice el gordo intentando disimular una risa que sale más como un chiflido entre dientes.

- ¿Son narcos? - pregunto en un susurro.

- ¿Tú qué crees? - dice Macario, igual en susurros, mientras me hace señal con la mano de apurarme para alejarnos.

Macario y yo nos distanciamos un poco más. Seguimos oyendo la conversación cada vez más lejana.

- Me cae de madre, Capulina. Las nalgas de la mujer de uno no se andan tentando como aguacates en el mercado, me cae. Ni madres, cabrón, alguien le vuelve tocar las nalgas, las chichis, la pinche punta del zapato a la Chabe y te juro por esta, mira, que van a saber quién es Lauro González.

Macario y yo nos frenamos en seco. ¿Dijo Lauro González? Parece ser que el narco flaco es mi consigna. ¡En la madre!

- ¡No inventes que Lauro González es un narcotraficante!

- Así es; cuando no viene la dirección en el folleto, te lo topas de repente. Ahora entiendo porqué te empeñaste en venir hasta acá.- dice Macario con cara de preocupación.

- Yo no sabía ni madres. Es más, si hubiera sabido que era un narco, ni vengo a México. ¿Y ahora cómo quieren que le ayude a Obdulia a terminar su consigna? Es más, ¿cómo me voy a regresar a San Antonio a mi casa?

- Mira, primero vamos a ver cuánto tiempo te va a llevar esta consiga, igual dura unos minutos y te puedes regresar hoy mismo a San Antonio.

- ¿Y en qué carajos voy a poder ayudarle yo a un narcotraficante?- Estoy gritando y la voz me sale entrecortada y chillona.

- Tal vez si dejas de gritar y le pones atención

al narco, te darías cuenta de lo que necesita.

Intento calmarme. Macario se tapa los oídos con los dedos. No tiene que decir nada para que yo capte su impaciencia ante mi histeria.

Noto que sigo respirando como si acabara de correr un maratón. Me tapo los ojos con las manos, como si con esto pudiera desaparecer y me acerco de nuevo a los narcos a oír su conversación. Ahora el que habla es el gordo.

- ¿Qué? ¿Vas a seguir dejando que te anden mangoneando el Tuercas y los demás?, ¿Quieres seguir siendo el pendejo de los primos?, ¿Que manoseen a tu vieja como si fuera teibolera? ¡Date a respetar cabrón! ¿Quieres seguir de pinche mecánico toda tu vida? yo ya te lo dije, pinche Tlacuache, si quieres ser un cabrón y no un pinche putito, hoy mismo vienes con nosotros. Yo ya le dije al jefe que me iba a traer a un primo. Demuéstrale que tienes huevos, que no te da miedo darle cran a los zopilotes. Por cada uno que te eches, te dan diez mil varos y sólo porque eres primerizo, con la experiencia te van subiendo.

- No pues sí quiero diez mil varos, me cae, pero pues nunca le he dado cran a nadie, pinche Capulina.

- ¡Psss ora! ora es cuando, Tlacuachito. ¿Qué?, ¿Te da culo? ¡No mames! Mira, tú nomás les apuntas a los zopilotes cuando

váyamos a la junta, tú mira, jalas el gatillo
aquí d'esta matraca que te voy a dar, y ¡PAZ!
¡INGUESU! Ya 'stuvo. ¿Quiobo?

- ¿Y la Chabe? ¿Qué va a decir la Chabe? De
por sí siempre me dice que me ande cuidando
de ustedes, que andan metidos en malos
pasos y la chingada ...

- Che culero, ¿a poco le vas a hacer caso a tu
vieja?....mira, Tlacuachito, tú y yo somos
primos, carnal. Yo te voy a cuidar la espalda,
wey. Tú le entras a esto y no te va a pasar ni
maiz paloma, más que te vas a forrar de los
verdes.   Mira yo, ya hasta me compré mi
Escalade y apenas llevo cinco meses en el
pedo.   Ándele, ¡anímese! A las cinco de la
tarde nos quedamos de ver en la banca de
hasta la izquierda de la plaza Zaragoza, osea
en una hora y media. Llega cabrón,   Te
conviene, Tlacuachito, 'magínate todo lo que
le vas a poder comprar a la Chabe y a los
huercos: troca nueva, casa nueva, te los
llevas a la playa....nooombre, te compras una
pinche lanchota si te da la gana.   Ya'stuvo
bueno de andar en el pinche hoyo ¿no?

- Sí, pos ya'stuvo bueno...- dice Lauro
González.

Se acerca un camión de pasajeros a una
parada cerca de donde estamos.

- Sale mi Tlacuachito, mira, ya llegó tu raid.
Yo me voy a quedar de guardia aquí porque al

rato va a pasar una camioneta con cargamento. Te veo en la plaza, yo ahí te doy el armamento. Mira, si fallas no hay pedo, cabrón, ora si que cada quien su pedo, pero no falles, no seas culero.

Los dos hombres juntan los puños de las manos y luego se dan un abrazo apretado. Lauro González, alias El Tlacuache, se sube al camión. *¡Carajo!* Digo entre dientes. Luego, sin pensarlo dos veces, me trepo atrás de él. No le digo a Macario que se suba pero le ruego a todos los santos que venga conmigo. Macario sin decir una palabra sube al camión atrás de mí. Suspiro aliviada. Nos sentamos al lado del Tlacuache. El camión avanza en dirección al centro de Nuevo Laredo.

- ¿Macario?

- ¿Qué?

- Gracias.

- Dando y dando.- dice Macario con una sonrisita irónica.

Ya se me había olvidado la petición de asesinar a Sonia. Macario no dice más, yo tampoco. No hay nada que decir. Para estas alturas sé que estoy más jodida que un puerco en matadero y la pobre de Sonia también.

Macario me está acompañando, pero bien sé que en esta vida nada es de a gratis, por lo visto en la siguiente tampoco.

Voy a darle cuello a la secretaria en unas páginas. Total, ¿qué más da? Además, tiene razón Macario, la verdad es que ya llevaba diez años sin acordarme de ese personaje. Tendré que releer el cuento de Macario Vargas, a ver si lo encuentro en todo el desmadre que tengo en mis archivos.

CACTUS CIRCLE

Todo este sentimiento de euforia del día de Thanksgiving de pronto se esfuma y como ley del péndulo, despierta sin aviso alguno, uno de mis demonios oscuros. Son las cuatro de la tarde, ya se me había hecho raro que hubiera estado contenta tantas horas de corrido.

En realidad no pasó nada para detonar este estado de ánimo, pero a mis treinta y cinco años, he hecho las paces con estos demonios, y sé que los estados de ánimo en mí fluctúan tan libres como renacuajos en un estanque. Es un proceso normal que sucede en el cerebro femenino. Los hombres, bastante más ecuánimes y sencillos, piensan en menos cosas, piensan mucho en sexo, por ejemplo. Las mujeres tienen tantos cambios de humor en el día que el sexo sólo ocupa una pequeña parte del tiempo en su cerebro, si coinciden los tiempos de la pareja, bien, habrá festejo. Si tuviéramos un cerebro igual al de los hombres ya habríamos acabado con el planeta por sobrepoblación hace miles de años. Tal vez estos cambios de humor femeninos son cruciales para la supervivencia humana, yo qué sé.

Tengo varios demonios, no sólo uno, conozco bien al de la tristeza, ira, envidia, autocompasión, la lista es interminable... pero ahora parece que llegó a la puerta el señor de la náusea emocional.

El señor de la náusea es Jabba the Hutt, el sapo ese horrible de *La Guerra de Las Galaxias,* así es como se presenta en mi cabeza. Me es útil ponerles una imagen, darles una personalidad. El día que hice las paces con ellos, los conocí a todos. Mientras que por fuera sigo siendo yo misma, por dentro soy ese ser entre rana y babosa que no hace más que mentar madres, no encontrarle sentido alguno a la vida y pedir carbohidrato y chocolate sin control. Me visita más cuando mi cabeza no está ocupada en algún proyecto interesante, aunque es bastante leal y sus visitas han sido una constante en mi vida.

Imposible luchar contra él, no le gusta que lo corras. Le tienes que dar asilo y hacerle la vista al menos un rato...

¡Coño! Cada vez que entro a mi fraccionamiento me abruma la igualdad de las casas en este país. Voy manejando sobre una pinche maqueta. Esto ya no es armonía sino monotonía.

Este lugar del mundo se formó de emigrantes venidos de todo el mundo; gente que buscaba libertad de creencia, que huían de la esclavitud, de las monarquías.

Con tanta diversidad de ideas ¿Cómo es posible que hayan evolucionado a ser tan escrupulosamente cuadriculados? Todo igual: jardines iguales, calles iguales, hasta los árboles y arbustos parecieran crecer al tamaño y a la forma idéntica de las demás, como si tuvieran un código genético que dictara el molde de su forma.

Jabba the Hutt me llena la garganta con su saliva babosa y estancada. Es difícil sentirse único cuando se actúa tan igual en la vida *...¿qué caso tiene todo?* Estos son los pensamientos que de pronto invaden mi cabeza. Siento un brote de humedad en la orillita de los ojos.

Es cerca de la tarde y se ven algunas parejas en ropa de deporte paseando a sus perros. La única variante es el color de los pantalones, algunos van de manga larga, otros de shorts. Esto ya es ganancia, al paso que vamos, falta poco para que este país se vista de uniforme.

Miro al cielo. Ya se metió el sol y las nubes se pusieron grises. Seguro que va a llover. Va a llover y todo se va a arruinar porque aunque estemos adentro, si llueve todos se van a agüitar y la cena no va a salir igual.

Por más esfuerzos que haga, la cena no va a ser algo espectacular como me había imaginado... De hecho, es probable que varios factores salgan mal en la cena. Hubo un año que el pavo se me secó. Tal vez lo tendría que haber sacado del horno antes de ir al súper. De seguro ya se secó.

Algunos de mis hermanos no pudieron venir a San Antonio, yo creo que ya jamás estaremos todos juntos en un evento, es una lástima. Ya cada quien ya tiene sus vidas, a veces siento que nos hemos distanciado tanto...

Desde que vivo en Estados Unidos me he perdido miles de eventos de mi familia. Mandan las fotos y nunca estoy yo. Los sobrinos más pequeños no me echan los brazos, claro, soy una perfecta extraña para ellos.

Detengo el coche en una orilla de la calle media cuadra antes de llegar a mi casa y me quedo quieta. Medito unos minutos. Me doy cuenta de los latigazos que me he dado en la espalda en el transcurso de cinco minutos, que es lo que hago del súper a mi casa.

Esos momentos del día cuando tengo a Jabba en mi alma, hay un tornado de pensamientos negativos en mi cabeza.

Además de que voy arrojando vapores de mala leche al mundo, como esas señoras que destilan olores agrios e inmundos de sus sobacos o peor... como esos señores que voluntariamente se tiran pedos en el súper y dizque que siguen viendo los galones de leche como si nada, ¡como si no supieran que su mierda gaseosa quedó estancada en el pasillo de los pinches lácteos! Por eso no puedo entrar a la cocina de mi casa en este estado.

¡Carajo!, esto no va a funcionar. Mira Jabba, ¿por qué no mejor vienes el lunes?, hoy, con toda mi familia, no es un buen momento de visita, no te voy a poder atender bien...
No, no me malentiendas; ya sabes que no es un adiós, es sólo un hasta luego.

Te voy a ver la próxima semana, ven a verme el lunes en la mañana, cuando ya se haya ido mi familia y esté yo sola, después de dejarlos en el aeropuerto es un buen momento, ahí podemos decir que el mundo apesta, que nada tiene sentido, podemos llorar y comer chocolates, es más: sé que abrieron una Chocolateka cerca de la casa, no sé ni qué sea eso pero te llevo en cuanto se vayan las visitas.

Sorpendentemente Jabba no pone mala cara, eso de la Chocolateka le gustó.

Agarra dócilmente sus chivas y se despide con cortesía. No sé, a veces, hasta siento que le tengo cariño.

Tengo que parar el coche y cerrar los ojos durante unos segundos. Espero a que Jabba salga por completo, a veces como que se queda en el pasillo papaloteando sin irse del todo, pero veo de reojo que esta vez sí se fue.

Efectivamente, comienza a chispear pero es una lluvia ligerita, tranquila. Recuerdo que a mi abuela le gusta la lluvia, con esto y con los chocolates que le llevo va a estar feliz. Sonrío. La cena ya está a punto de empezar.

Mis ojos se enfocan en un señor muy pequeñito que viene haciendo ejercicio solo, camina lento porque ya es bastante mayor. No lleva perro. Él viene de subida andando a la orilla de la calle, puedo ver que cojea al caminar.

Se acerca un poco más. Ahora puedo verle las facciones. Es asiático. Los surcos de la cara y el brillo de la frente denotan un esfuerzo descomunal. A pesar de su cojera, sale a caminar. Pienso dónde va a pasar Thanksgiving, si tiene familia como yo en su casa o si estará solo esta noche.
¿Le gustará cocinar? ¿Cocinará asiático? Pienso en sushi y siento la panza reclamar furiosa cualquier tipo de carbohidrato. ¿Celebrará Thanksgiving o le dará completamente igual esta fecha?

Pobre señorcito...

Decido que en penitencia de mi mala actitud de hace rato, volveré al cojito asiático inmortal incluyéndolo como personaje en mi novela.

CENTRO DE TRANSMUTACIÓN SUCURSAL No 12
(A CUATRO CUADRAS DEL CENTRO DE NUEVO LAREDO, TAMAULIPAS)

- ¡Ahí! Mira. – Macario me apunta con el dedo a una gasolinera PEMEX.

- ¿Qué?

- Ahí hay un centro de transmutación.

Me fijo bien. No veo más que la gasolinera con un edificio adjunto donde de un lado son baños públicos y del otro hay un letrero que dice:

Centro Cambiario
Money Exchange

- Es una casa de cambio.

- Sí, sí, por eso. Ahí dan el servicio de transmutación. Hay que bajarnos del camión y luego alcanzamos a Lauro.

- Pero...

- Ya sabemos a dónde va a ir. No vas a poder ayudarlo si no tienes un cuerpo humano.

El camión hace la parada unas tres cuadras después de la casa de cambio. Me bajo como por inercia, sin preguntar mucho. Entre más meto la razón en este asunto más me apanico. Ya ni le des más vueltas...tú aviéntate al ruedo y ya.

Antes de bajar, me acerco a Lauro González. Por primera vez le veo la cara de cerca. Tiene los brazos cruzados en posición defensiva. Siento picoteos en cuerpo, entre más me acerco, más los siento. Puedo sentir su ansiedad así como sentí frío cuando estaba cerca de la tristeza. La ansiedad se siente como piquetes en la piel. Tiene la boca y el ceño fruncidos en una mueca incómoda, como si trajera dolor de estómago. Su cuerpo es una garrocha de huesos encorvados. No tiene una pizca de grasa. Las esquinas de los huesos apuntan en distintas direcciones; los pómulos, los codos, las rodillas, la clavícula. Mira al piso, con ojos abiertos, desorbitados en sus pensamientos. Tiene los puños de las manos apretadas.

No lo había alcanzado a observar a detalle bajo aquella lona azul de plástico. Tiene los ojos oscuros, grandes y hundidos. Muchas pestañas y muchas cejas. Son ojos de norteño. No creo que tenga más de 25 años. Cambia de posición como niño inquieto, se descruza de brazos y agarra con ambas manos una medallita plateada que le cuelga del cuello, la soba con los dedos y cierra los ojos. ¡Ay escuincle, si serás pendejo!

Le pongo una mano en la cabeza y la acaricio. El pelo no se mueve ni un milímetro, mi mano traspasa los mechones negros. pero a diferencia de Rosa, Lauro no se da cuenta ni percibe nada. Abre los ojos, vuelve a cruzarse de brazos, otra vez la mueca incómoda.

Ya, ya, tranquilo, Tlacuache.

Me bajo del camión. Macario ya me está esperando.

- Mira, es mejor no tener lazos afectivos con tu consigna.- dice Macario.

- No tengo lazos con él.

- Hay veces que no puedes ayudarlos y pues ni modo, ya lo ayudará otro muerto.

- ¿Todas las casas de cambio son centros de transmutación? – pregunto.

- Sí, pues sí, para eso son, para cambiar.

Mientras camino a la casa de cambio me pregunto si va a ser una especie de cruce de realidades como en Harry Potter donde en la estación de tren hay un rincón en especial donde hay que brincar a una pared de ladrillos y entonces se entra a la realidad de los magos y las brujas. Pero bueno, esto no es King's Cross Station en Inglaterra, es Nuevo Laredo en México así que me imagino que la dinámica es distinta.

Nos acercamos a una ventanilla. Hay un viejito en la bocina que está contando billetes. Macario carraspea, tose como si fuera un fumador empedernido. Carraspea de nuevo antes de estirar el cuello y dirigirse al señor.

- Buenas tardes, oiga, aquí la señorita quiere una transmutación por favor.

El viejito no se inmuta, sigue contando sus billetes. Permanece así unos segundos. Me dirijo a Macario en voz baja:

- Macario, el señor no te oye. Yo creo que no está muerto.

Macario ni me voltea a ver. El señor de pronto habla con voz monótona. Su tono cantado me recuerda a la voz que sale de los carritos que tantas veces oí en mi infancia.

Hay tamaaaaales oaxaqueeeeeeños
Ricos tamaaaaales calientitos...

Siempre mirando los billetes, finalmente anuncia en el micrófono.

- Pase a la puerta de la izquierda.

Macario me mira y dice:

- No está vivo. Casi todos los que trabajan en casas de cambio son ...- Macario termina de

hablar en un susurro, casi en un secreto-
...limbantes.

- ¿Limbantes? - pregunto.

Macario me pela los ojos y me hace señal con
el dedo en la boca como diciendo *¡Baja la
voz, escuincla grosera!*

- En mi defensa, ese término no viene en el
dichoso folleto, ¿o sí?

- ¡Obviamente! Está en el glosario. Limbante,
es aquél que está en el limbo, o sea que no es
ni de aquí ni de allá, que no está bien muerto
todavía, anda entre azul y buenas noches.
Son gente que hizo mucho mal pero nunca
tuvo castigo en vida. Nunca los metieron a la
cárcel, nunca sufrieron sus consecuencias,
así que como castigo se quedan vagando
MUCHO tiempo sin SER nada. Este, es el
peor de los castigos. – dice Macario.

- O sea que la gente cabrona que
aparentemente se salió con la suya durante
la vida se vuelve limbante... Mira tú, ya decía
yo que algún castigo debía de tener esa gente
que murió tan campante.

- Exacto. Durante muchos años, estos medio
muertos andaban por ahí sin oficio ni
beneficio. No podían trabajar en consignas
pero tampoco podían llevar una vida de un
ser humano vivo. Así que anduvieron ahí
nomás vagando por las calles. Además

poseen la cualidad de que tanto los vivos como los muertos los pueden ver e interactuar con ellos.

A principios de siglo hubo un movimiento tremendo. Resulta que estos entes estaban hartos de no ser nada. Hicieron huelgas y se dedicaron a asustar a los vivos, apareciéndoseles de repente, jalándoles las patas en las noches, hasta que se ganaron a pulso un derecho.

- ¿Será por eso que había más historias de fantasmas en la época de las abuelas? – pregunto.

- Sí, había mucho más actividad de huelga a principios de siglo que ahora. Hubo activistas muy importantes. ¿Nunca oíste hablar de La Llorona o de la Güera Yolanda?

- ¡Claro que sí! Vivía atemorizada con las historias que nos contaban las nanas cuando era niña.- le digo divertida.

- Limbantes todos.- dice Macario con un manotazo en el aire.

- No me digas. ¿Y por fin la Llorona encontró a sus hijos?

- Yo qué sé. Pinche vieja escandalosa... Total que en 1912, justo despuesito de que se hundiera el Titanic, lograron la reforma en la Constitución del Muerto.

Ahora pueden trabajar en ciertos lugares que involucran a vivos y a muertos para aminorar su sentencia de limbantes.

Después de mucho tiempo de trabajo honesto, los limbantes ya pasan al mundo de los muertos y oficialmente pueden empezar con sus consignas y dejar de trabajar en lugares tediosos como casas de cambio.

- No inventes, ¡pobres limbantes! Así que la señorita bilingüe de la entrada de la funeraria también es una limbante.

- Exacto, ¿ya ves? Aprendes rápido. –dice Macario aplaudiendo.

- Tan inocente que se ve, y lo cabrona que ha de haber sido en su vida. ¿Así que la gente más mierda de los mierdas se vuelve limbante?

- Si no pagaron sus deudas en vida, sí.

- ¿Bueno pues qué quiere el señor limbante de la ventanilla que haga ahora?

- ¡Shhh! No le digas limbante. ¡Es una falta de respeto!.- dice Macario abriendo mucho los ojos.

- Pues eso son ¿no?

- Sí, pero es como decirle enano a un enano o

gordo a un gordo o puto a un puto. Eso son, pero no se les dice así, es una majadería.

- Bueno, pues. ¿Qué dice el señor que atiende en la ventanilla que tengo que hacer?

- ¡Ya lo oíste! ¡Que pases a la puerta de la izquierda!.- grita Macario exasperado.

- ¡Ya oí!, ¡no me tienes gritar como verdulero! Pero sólo hay dos puertas que son los baños y el de la izquierda es baño de hombres.- digo todavía en tono digno.

Pero como Macario ni me contesta, paso a la puerta que tiene el símbolo de hombres dibujado en el centro y azoto la puerta en señal de protesta.

Adentro no hay nada especial, un lavabo, un excusado, un mingitorio. Me quedo parada un rato y no pasa nada. No me gusta estar en el baño de hombres. Siempre hay gotas de pipí por todas partes. Me fijo si he pisado alguna.

Sigue sin pasar nada. No sé a qué hora va a ocurrir la transformación. Me gustaría que al menos hubiera un catálogo de cuerpos en donde pudiera uno escoger alguno que le guste. Me quedo un rato fantaseando cuál sería mi elección.

Me gustaría elegir a alguien más atlética, un cuerpo más musculoso, piernas más largas y suaves, obvio sin celulitis. Me alejaría del cuerpo latino de pera si pudiera. Claro que me gustaría una mujer en sus veintes, porque eso de que en sus treintas comienzan a volverse más interesantes es cierto, pero la frescura del cuerpo de los veintes no tiene igual. Pelo lacio y ojos claros para variar no estaría mal; verdes, verdes son mis favoritos, ese tono como aceituna me fascina.

Sigo esperando y no pasa nada. Decido abrir la puerta y buscar a Macario. Hay algo aquí que no me cuadra. Antes de salir del baño, me quedo helada. Es durante una pequeña fracción de segundo donde miro de reojo al espejo antes de aproximarme a la puerta y no reconozco mi reflejo. Regreso nerviosa y miro de lleno al espejo. Ya tengo un nuevo cuerpo. Ni madres soy una mujer en sus veintes musculosa y atlética, soy un hombre, parezco de cien años y soy asiático.

Soy un viejito oriental, ¡soy un taponcito! ¡No creo medir más de uno sesenta! Mi cara está toda surcada con arrugas y tengo dos bigotes lacios que me cuelgan hasta la mitad del cuello. Tengo todo el pelo blanco y me faltan la mitad de los dientes.

Me siento en cuclillas y me tapo la cara desesperada. Por cierto, puedo hacer esta maniobra asombrosamente bien. Creo que a pesar de tener como cien años tengo más elasticidad que mi anterior cuerpo.

Soy un garabatito humano meciéndome de atrás para adelante. Miro mis manos. Son pequeñas y con dedos torcidos y uñas largas y amarillas. ¡Guácala! ¿Es una broma? ¿Por qué me dieron este cuerpo? Me siento indignada.

Salgo del baño azotando la puerta. Siento las lágrimas en los ojos y opresión al final de la garganta como cuando quiero echarme a llorar del coraje. Macario me mira muy serio, pero puedo oír su carcajada reprimida que sólo sale como un ronquido de la nariz.

Macario junta las manos a manera de rezo e inclina la cabeza en gesto respetuoso.

- ¡Konichiwa!

Macario y el señor de la caseta miran al piso. Sé que se están muriendo de la risa por dentro los dos. ¡Cabrones!

- ¡Qué poca madre tienen! - digo entre dientes. Seguro tú tuviste algo que ver con esto, Macario. ¿Fue por haber entrado al baño de hombres verdad?

- No, no te confundas. El cuerpo se elige al

azar. Generalmente te toca un cuerpo de alguien que se muere en esa fracción de segundo. Y cuídalo, porque lo tienes que regresar intacto. Si regresas el cuerpo jodido, pueden no valerte la consigna aunque haya sido exitosa. Es como una renta.

- ¿Más jodido de lo que ya está?

Me dirijo al señor de la caseta, el viejito sigue contando los billetes. Toco la puerta con los nudillos frenéticamente hasta que con pereza, levanta la mirada y se acerca al micrófono.

- A ver señorcito limbante, aquí se confundieron de cuerpo, necesito entrar a una balacera de narcotraficantes y quiero un cuerpo joven y fuerte. No voy a aceptar esto, así que voy a volver a entrar al baño y me hace otro cambio por favor.

- Mire señor...-dice muy divertido el limbante.

- ¡Señorita!.- corrijo furiosa.

- Mire señora, no hay devoluciones, el cuerpo que le toca le toca. El cuerpo no se escoge ni se intercambia. Ni en la primera vida, ni en las consignas.

No sé qué más decir. No sé cómo rebatirle.

- ¿Sabe qué señor limbante? voy a meter una queja porque es usted un maleducado que ni ve a los ojos del cliente. ¡Mal e-du-ca- do! y sé que eso no le conviene ni tantito, porque igual se queda limbando o como se diga mucho más tiempo...

- Ta bien señor, ándele pues, meta la queja.- me dice con apatía y me señala un block de hojas donde dice:

Quejas y Sugerencias

Arranco del block una hoja con furia y me voy de ahí lo más rápido que puedo. Camino sin dolor pero con dificultad. Tengo una cojera cada vez que apoyo el piecito derecho y avanzo muy despacio. ¡Esto es el colmo!

- Ya, ya... ¿pa' qué haces berrinche, hombre? ...- Me dice Macario cuando me alcanza a la salida.

- Tú cállate, Macario.- Me acabo de dar cuenta que mi voz es demasiado aguda como para ser de un hombre.

- Igual al que le tocó tu cuerpo está mentando madres también.

- ¡Pues fíjate que no! Mi cuerpo es el de una mujer sana de 35 años que no está nada mal, su única queja podría ser el cansancio de los pies, de ahí en fuera, mi cuerpo es perfectamente funcional. ¡Así que más vale que al cabrón que le toque lo cuide!, si me corta el pelo o me hace un tatuaje o alguna estupidez, lo mato otra vez al cabrón.

- Pues así piensa este viejito, así que tú ¡respeta hasta el último pelo de este señor como si fuera tuyo! Y ya no te quejes.

- Puta madre.

- ¿Sabes qué?- dice Macario - No me puedo referir a ti como Regina con ese cuerpo. Así que voy a buscar tu nombre en chino.

Macario saca su teléfono y teclea. Aunque aparenta seriedad, sé que está sumamente divertido.

- A ver... *Regina* viene del latín reina ¿no? así que reina en chino ... no encuentro nada, pero lo más parecido es *Nu Wang* que es el equivalente a emperatriz, *Nu Wang...* Wang...Juang... Te voy a decir Juan, Juanito ¿Qué te parece?

- Me da igual como me llames, igual este viejito no soy yo.- digo sin voltearlo a ver. Me siento como un niño buleado en el recreo.

- Ándale Juanito, todavía faltan dos horas para la balacera así que te puedes comprar unas quesadillas en el mercado. ¿Eso querías no? ¿Querías ir a comer quesadillas, no?

De pronto se me hace agua la boca de pensar en las quesadillas. Tengo la boca llena de saliva de un viejito ajeno. El pensamiento me produce una arcada de asco. Escupo en el piso. Y por la arcada me dan ganas de hacer pipí. ¡No por favor! No me quiero ni bajar los pantalones, no sé en qué estado estará el asunto que me voy a encontrar ahí adentro.

- Tengo que hacer pipí.- le digo conteniendo la rabia.

- ¡Acuérdate de ir parado Juanito! No te vayas a sentar en el excusado.

Me siento de lo más incómoda escuchando sus consejos. Intento mirar en otra dirección. Pero Macario me sigue gritando, parece que de un momento a otro me perdió todo el respeto, ahora no somos más que dos cabrones gritándonos en la calle.

- ¡Y agárrate el pito con la mano, ¡y sacúdelo después!- me grita Macario cuando me alejo en busca de un baño.

Cállate, ¡puerco!, ni que no supiera como mea un hombre. ¡Tengo dos hijos varones, por Dios!

¿Y ahora dónde voy a encontrar un baño? El más cercano es el de la casa de cambio y ni muerta, literalmente, vuelvo a entrar ahí, no vaya a ser que me salga con alguna otra pendejada el pinche limbante.

Pienso en la ventaja de ser hombre, y lo que siempre he envidiado es la facilidad con la que hacen pipí, en cualquier esquina pueden hacer, ni siquiera se tienen que bajar los pantalones.

Muy bien. Hay una esquina que parece poco transitada. Es un pasillo entre dos edificios donde hay unos botes de basura y unas cajas. Estoy tan pequeño que no creo que nadie me pueda ver ahí. Me acerco con mi cojera y me bajo la bragueta del pantalón. Intento no voltear a ver, pero igual tengo que agarrar lo que hay ahí dentro para apuntar bien. Tampoco es tan fácil como parece, el pantalón, el calzón, hay varios obstáculos y no estoy acostumbrada a esta maniobra. Al final, logro localizar y detener el miembro. Cabe mencionar que es una mirruña, al igual que el resto del cuerpo, pero igual, logro apuntarlo al piso y hacer pipí. De pronto siento ardor en una parte del cuerpo que nunca había tenido. Siento como si el líquido fuera un ácido que me quema todo el miembrecito. ¿Cómo es que algo tan diminuto duela tanto? Emito un quejido doloroso, y siento que no termino nunca de hacer pipí, al final salen chorritos a deshoras y arde todavía más. Macario aparece volado.

- ¿Qué pasa?

- ¡Este señor tenía una infección en las vías urinarias! - digo gritando de dolor.

- Tal vez tenía uretritis o alguna ETS.

- ¿Qué es ETS?

- Enfermedad por trasmisión sexual.

- ¡No me digas eso Macario!- Suelto el miembrecito y me trato de limpiar las manos con el pantalón.- ¿No tienes del gel desinfectante ese?

- Mira, si ya estás contagiado, ya estás contagiado aunque te vayas a esterilizar de pies a cabeza.

- ¡viejo promiscuo!

- Cálmate, igual y no tenía nada de eso. A casi todos los viejitos les empieza a fallar el pito, es normal.

- No quiero estar con un cuerpo tan fregado. Vamos a la pinche consigna y terminamos el asunto de una vez.

- Vamos. ¿Pero quieres ir a comer quesadillas o no?

- Pues sí pero no creo que el pobre hombrecito aguante el chile ni la fritanga. Mira, no quiero más ardores en alguna otra parte del cuerpo.

- Sí, buen punto.

PLAZA IGNACIO ZARAGOZA
(NUEVO LAREDO, TAMAULIPAS)

Ya sólo faltan veinte minutos para las cinco. Comienzo a sentir el corazón galopando y punzadas filosas en el estómago, con esto me queda claro que el miedo se siente igual en todos los cuerpos.

Estoy aterrorizada de estar en medio de una balacera. No entiendo de qué manera puedo ayudar al Tlacuache. No tengo fuerza corporal así que lo mejor que puedo hacer es convencerlo de no entrarle con los narcos. Pienso en frases que podrían hacer un impacto en un joven de veintitantos años, trato de recordar aquellas frases de pacotilla que me impactaron cuando yo tenía esa edad. Camino hacia el lugar del encuentro. Cuando llego al parque comienzo a dar vueltas. *Piensa, piensa, piensa...*

- Macario, ¿Qué pasa si me toca un balazo a mí?

- Pues es complicado porque te mueres otra vez. Te tienen que cambiar a otro cuerpo y tal vez te cambian de consigna. Es como volver a empezar de cero. Está explicado en el capítulo 7: **Incidentes, Accidentes y Muertes durante las Consignas.**

- ¿Pero no duele?

- ¿Cómo? ¡Pues claro que duele! Eres un humano igual que cualquier otro.

- ¡Ya para qué me dices!

- Me tengo que ir.- me dice Macario muy firme.

- ¿Cómo que te tienes que ir? No me puedes dejar aquí sola.

- No te puedo acompañar. Las consignas las tiene que hacer el individuo sin ayuda, si no, no cuentan. Me tengo que ir.

- Pero...

Macario se acerca y mete su mano a la bolsa de mi pantalón.

- ¿Qué haces? - Digo con alarma.

- Te metí un billete de 500 pesos, igual lo necesitas.

Macario no dice más, da la media vuelta y en pocos pasos desaparece de mi vista. Mi nervio incrementa. Es irónico; se va Macario y me siento como perro sin dueño.

Trago saliva. Me acerco muy despacio a la banca donde quedaron de verse todos los narcos. No hay nadie todavía. Faltan diez minutos. Me siento e intento estar quieto. Me tiemblan las manos.

Levanto la vista y veo a Lauro González acercarse. Está caminando titubeante y con la mano derecha se está rascando el codo izquierdo. Parece un niño regañado. Se va acercando y no le quito la mirada de encima. En un susurro, le pido a Dios que me ayude pero no oigo arpas ni veo luces ni nada. ¿Me habrá oído? Veo que el Tlacuache hace contacto visual conmigo y se me acerca.

- ¿Oiga, no tiene un encendedor?

El Tlacuache me hace la seña de encender un cigarro con la mano, pero yo me quedo mudo. Sólo puedo responder que no moviendo de un lado a otro la cabeza.

- ¿Habla español? – me pregunta, a lo que vuelvo a negar mirando al suelo. No me sale la voz. Lauro se sienta junto a mí. Miro sus manos, tiene un cigarro entre los dedos. El cigarro tiembla un poco.

Después de un rato de silencio, Lauro vuelve a hablar.

- Señor, váyase de aquí. En un rato, se va a poner fea la cosa, no vaya a salir usted lastimado. De verdad mire, usted no tiene nada que andar haciendo aquí.

Me le quedo mirando. El Tlacuache me quiere ayudar. Me parece increíble que justo unos instantes antes de la tormenta, un sentimiento de compasión brote tan fuera de lugar.

Me paro después de un rato y sin saber qué hacer le sonrío al Tlacuache. Me doy por vencida. Es una pena que no pueda ayudarlo, pero la realidad es que no soy un héroe. Lo acepto y no me importa, estoy perfectamente cómoda con ser un marica. Decido irme.

Me alejo de ahí y veo llegar a Capulina, el narco gordo con el que estaba Lauro la primera vez que lo vi, acompañado de otros cuatro hombres con lentes oscuros y camisas coloridas. Pasan de largo sin voltearme a ver siquiera. Se me seca la boca a tal punto que siento la lengua anestesiada. Agradezco con todo mi corazón no haber transmutado en el cuerpo de una mujer joven y guapa.

Ya van a empezar los trancazos, puedo sentir adrenalina en el ambiente. Intento apresurar el paso, quiero salir corriendo pero la cojera no me deja caminar bien, de todos modos hago mi mayor esfuerzo por trotar lo más rápido que puedo.

Un dolor intenso en la cadera derecha me ataca como una mordida de perro. Sé que no debería de esforzarme tanto. De pronto, me caigo como costal al piso, no logro ni siquiera meter las manos, no tengo buenos reflejos. Siento mi cara en el polvo. No sé si me rompí un diente o me mordí la lengua con los pocos dientes que me quedan porque tengo un sabor metálico en la boca. Intento pararme, no me responden las piernas. Me quedo en el piso inmóvil y pienso qué puedo hacer. Mientras decido me parece que lo mejor es quedarme quieto y hacerme el muertito.

Siento un jalón en el hombro. Luego una fuerza me levanta hasta incorporar todo mi cuerpo y que quedo parado cara a cara con Lauro González.

- Váyase de aquí señor, por favor.- me vuelve a repetir el Tlacuache con ojos suplicantes después de ayudarme a parar.

Se oye el rechinido de una llanta, gritos de hombre y luego balas. Huele a pólvora, el mismo olor de los fuegos artificiales en las ferias. Silencio, luego más balazos. Intento caminar pero las piernas me tambalean y casi me caigo al piso de nuevo. Lauro González me toma del brazo, se lo rodea en el cuello y me carga como a un bebé. Casi no oigo el grito ahogado de Lauro entre los balazos.

- ¡Le dije que se fuera de aquí!

Cierro los ojos y casi por instinto recuesto la cabeza en el pecho de Lauro. Se oyen algunos balazos más, pero esta vez son más lejanos. Dos estallidos muy cerca. Luego todo se vuelve negro. No oigo ni veo nada más.

Por favor que no le hayan dado al Tlacuache.

EN UNA CASA PINTADA DE AZUL
(JUNTO A LA IGLESIA DE SAN
MARTíN DE PORRES
NUEVO LAREDO, TAMAULIPAS)

Despierto de pronto con un intenso hedor a alcohol picándome en la nariz. Estoy en un lugar oscuro y veo ligeramnete doble. Una silueta se me acerca a la cara.

- No está muerto, mira.

Es una voz de mujer la que acaba de decir eso. Luego otra silueta se aproxima. Poco a poco la visión doble se corrige y veo a Lauro al lado de una mujer, los dos me están observando.

- ¿Y pa' qué chingados te trajistes a este viejito aquí a la casa?

- Pus ahi andaba el pobre tirado, lo atacaron, pinches asaltantes, le dieron dos balazos, pus ni modo que lo dejara ahí tirado como perro.

Siento un recorrido de adrenalina en la espina cuando oigo la palabra balazos. El corazón me da brincos desordenados y siento que se me va a salir del pecho. ¿Me dieron dos balazos? ¿Me voy a morir o qué?

- ¿Y qué andabas haciendo tú en la Plaza

Zaragoza? ¿Qué no fuistes al taller hoy o qué?

- Si fui, pero pus me mandaron por una pieza al centro y pus fui luego a eso.

Creo que estoy en casa del Tlacuache, la mujer debe de ser la tal Chabe. La analizo mientras ella me analiza a mí. Está guapetona, con ojos rasgados y de figura muy torneada. Ya veo porqué los primos le pellizcan las nalgas.

- ¿Y te parece buena idea traerte a un viejo moribundo aquí a la casa? Si te agarra la policía van a pensar que algo tuvistes que ver con el asalto, ¡pendejo!... tienes que deshacerte del hombre pero ¡ya! Además, lo tienes que llevar al hospital o algo, se está desangrando.

Al oír esto trato de incorporarme, pero sólo logro emitir un quejido doloroso. ¿Cómo que me estoy desangrando? Primera vez que me dan un cuerpo y lo regreso agujerado de balas.

- Míralo Lauro, ¡está sufriendo!

- Pus lo llevo a la clínica ¿o qué?

- Pero, te van a empezar a preguntar cosas en la clínica Lauro, pinche policía culera del pueblo nomás aprovecha oportunidad para ver cómo te jode.

- ¿Tons? pus ¿qué hago o qué?

- Dime la verdad Lauro ¿esto tiene algo que ver con Capulina o tus pinches primos narcos? Dime la verdad, No quiero mentiras esta vez.

- No Chabe, te juro que no tiene nada que ver.

- Júrame por tus hijos que no estás metido en algo raro.

- Chabe, te lo juro.

- Porque si sí, ¡Te van a acabar matando Lauro! Y nos va a llevar la chingada a todos, ¿eso es lo que quieres?

- Chabe mírame.... Mírame Chabela.... No estoy metido con ellos, te lo juro por Luis Miguel y Sandra Juanita. Te lo juro por ellos.

La Chabe le da una cachetada de pronto

- ¡No jures por tus hijos en vano!

Interrumpo su discusión con un ataque de tos involuntario. No me duele nada pero escupo sangre en las manos. Veo la cara de preocupación en los dos.
Macario...¿Dónde estás?

La Chabe se va a la cocina. Cuando quedo a solas con Lauro le hago una señal con el dedo para que se acerque. Se sorprende, voltea para un lado como buscando a alguien atrás de él y luego me dice:

- ¿Quién? ¿yo?
¡Obvio que tú, zonzo!, ¿Quién más?

Asiento con la cabeza y se acerca titubeante. Le indico que se acerque más todavía a que me pueda oír.

- Aléjate del narco, Lauro González.- le digo, en la voz más solemne que puedo.

El Tlacuache me mira con cara de susto. Parece que vio un muerto. En este punto, aunque estoy jodido del cuerpo, estoy anímicamente divertido. Me imagino a mí mismo como el viejito oriental con bigotes lacios colgantes hasta el cuello y ensangrentado. ¿Qué figura más mística y esotérica puede haber? Le vuelvo a indicar que se acerque.

- Ve a dejarme a la gasolinera que está cerca de la plaza Zaragoza. Déjame ahí sin que nadie te vea. Luego, regrésate a tu casa, vuelve al taller, pero nunca, ¿oíste? NUNCA te metas con el narco.

Comienza a temblarle a boca a Lauro, está aterrorizado conmigo.

Estoy como para ganarme un Oscar. Aprieto los labios y frunzo el ceño para ocultar cualquier sonrisa que se me escape.

- Pus este...sí, yo lo llevo señor, pero pus eso de que nadie nos vea va a estar cabrón porque...este, pues no tengo carro.

- Bueno pues, llama un taxi de sitio, ¡pero no desde tu casa! Ve a la caseta de teléfono que esté más cerca. Díles que me recojan en la esquina de tu casa, de ahí yo ya les doy instrucciones.

- Ta bien, pero pos...no, no tengo feria.
¡Ay pinche Tlacuache! ¡Ni siquiera puede uno ser tan místico con este estúpido!

Toco la bolsa de mi pantalón para cerciorarme que los quinientos pesos que me dio Macario sigan ahí.

- Vete, vete a hablarle al taxi; yo tengo dinero.

Lauro sale de su casa despavorido. La Chabe le grita desesperada después de que él azota la puerta de la entrada.

- ¿Y ora tú a dónde vas? ¡No me vas a dejar aquí sola con el muerto, cabrón!

Se asoma desde la cocina y me mira con terror. Luego, con la misma expresión congelada en la cara, esboza una sonrisa forzada.

- ¿No quiere un atololito, oiga?

¡Uff, atole! Hace años que no tomo atole, ojalá sea de fresa.

- Gracias Chabela.- digo ya casi sin voz, siento que me estoy debilitando por minuto.
La asusto todavía más cuando digo su nombre. De inmediato se le borra la poca sonrisa que tenía y con las manos temblorosas me sirve un atole de una olla humeante. Una sensación placentera me recorre todo el cuerpo. Esto de asustar a los vivos está a toda madre.

Me tiene que ayudar con la cuchara. Me tomo el atole sorbito a sorbito con dificultad.

No sé porqué la arman de tanto de tos los agonizantes, a mí no me duele tanto. Tal vez el cuerpo llega a un punto de tanto dolor que produce una anestesia natural o yo qué sé.
El atole me quita el sabor metálico de la boca. No es de fresa pero siento como se me enchina el cuero por el puro placer de detectar el sabor dulce y quemado de la cajeta. Nunca había probado el atole de cajeta. Qué delicia. Ojalá que Lauro se tarde y que el cuerpo del viejito me aguante vivo para una segunda taza.

No creo que un atolito le caiga mal a la panza del señor...¿o sí? ¡Da igual!...total, pa' los cinco minutos que le quedan, al pobre... bueno sí, pero tampoco quiero que se enferme... ¡se va a morir antes de que le de chorrillo, hombre!

La Chabe de pronto se da la media vuelta, me deja con la boca abierta para recibir la siguiente cucharada y se dirige a la cocina. Oigo que vacía el contenido en el fregadero. ¡Oye todavía no me lo había acabado!. Cierro la boca y paladeo el último saborcito a cajeta que me quedó en la boca. Me oigo a mí mismo abriendo y cerrando la boca con ruidos desagradables. Ahora seré más compasivo con los viejitos. No hay manera de comer discretamente siendo chimuelo.

La tele está prendida con el Chavo del Ocho. La Chilindrina discute con Kiko algo que el Chavo les propuso hacer. Se oyen risitas y puedo ver a un niño y a una niña echados en la alfombra mirando la tele. Luis Miguel y Sandra no sé qué. Tendrán no más de seis y cuatro años. Pienso en mis propios hijos ya más mayores, pero riéndose a carcajadas igual con el Chavo del Ocho y sonrío. A la Chabe la oigo fregando los demás trastes sucios en la cocina, luego marcando un número y hablando por teléfono con voz chillona.

-...¡Ay venga por favor! Estoy aquí sola con un viejito que me dejó mi marido y está como moribundo, tiene sangre por todos lados. Yo no sé que hacer con él... ¡Ay Virgencita!

Pinche Chabela, ¿a quién llamaría? No me conviene quedarme a averiguar. Continúa hablando.

-... sí, está bien, aquí yo espero, pero apúrese por favor.

Intento incorporarme. Esta vez puedo lograrlo con esfuerzo aunque comienzo a toser con más fuerza, lo cual hace que los niños se den cuenta de mi presencia y corran a ver que está pasando. Ambos me miran con ojos gigantescos, fascinados con el intruso.

- ¿Cómo te llamas? - pregunta la niña.

La Chabe aparece de pronto, intenta calmarlos pero no puede ocultar su estado de pánico.

- Es...es un amigo de su papá, niños.

- ¿Se va a quedar a vivir con nosotros?- pregunta inocentemente Luis Miguel.

- ¡No! No, no, no... ya se va.

- ¿Por qué le está saliendo sangre?

Chabe no sabe qué decir, me mira y se lleva las manos a la boca, cierra los ojos y se pone a murmurar rezos. Definitivamente no es muy funcional en situaciones de pánico, pero no estoy para juzgarla porque mis reacciones son mucho peores. Me animo a hablar.

- Iba en mi bici y me atropelló un coche.

Los niños parecen interesarse aún más.

- ¿Te cruzastes la calle sin fijarte, o qué? – pregunta la niña.

- ¿No traías casco, o qué? - le hace segunda el niño.

Niego con la cabeza. Ya casi no puedo hablar.

- ¡Ah! pus qué pendejo.- dice el niño meneando la cabeza de un lado a otro.

- Pus sí, ¿verdá? – digo con esfuerzo pero divertido.

De pronto suena el timbre. Todos guardamos silencio. La Chabe brinca y grita ¡Ay Dios mío!

Chabela se acerca a la entrada de su casa con cautela y se asoma por el ojillo de la puerta para ver quién es. Luego abre la puerta. Hay una señora de unos setenta años con una bolsa de mercado en la mano y una enorme sonrisa.

- Pase Doña Blanca, pase por favor. Qué bueno que ya llegó.

La mujer que acaba de entrar lleva una falda colorida y una blusa blanca de cuello alto. El pelo lo trae mal pintado de rojo pero se asoman las canas por todos lados. Trae una bolsa de plástico en la mano. Camina hasta mí con prisa. Me mira detenidamente, se me acerca hasta casi estar nariz con nariz, hasta el punto en el que le puedo ver uno que otro pelo que le sale de la barba. Me siento incómodo.

- Híjole Chabelita, este pobre viejito ya está a punto de chupar faros, ya está más pallá que pacá. ¿De dónde vendrá, tú? Seguro que se quería pasar a los Yunaited. Igual viene de Vietnam, dice mi comadre Bertha que vive en McAllen que hay chingos de vietnamitas que hacen manicure y pedicure, todos esparcidos por el Gabacho. Híjole pus le hubiera urgido un manicure a él porque mira como trae las uñas...

Volteo a ver mis uñas de reojo. Efectivamente están amarillas y largas.

- Eskius mi, eskius mi, ser, ¿Ar yu goin to de Yunaited Esteits?- Doña Blanca me grita en el oído muy despacio.

- No, si sí habla español, Doña Blanca.- dice la Chabe.

- ¿Ah sí? ¡Mira tú! ¿Oiga, de dónde viene usté, oiga?- pregunta Doña Blanca.

Permanezco calladito. Lo último que quiero es empezar una plática con esta señora.

- Bueno mire, señor, usté así calladito, no tiene que decir nada. Le voy a poner unas venditas en sus heridas, que tienen un chirris de alcohol, va usté a sentir un piquetito nomás, ¿eh? Uuun piquetito nomás.

Un dolor intenso, como una descarga eléctrica me atraviesa todo el cuerpo. Emito varios quejidos y a cada uno, las mujeres lanzan gritos al unísono como si fuera a ellas a quienes las estuvieran torturando.

- Ay Doña Blanca, ora si ya se va a morir, esos gritos son como de muerte.

- Sí, así cuando se murió Tobías, así se oyó igualito.

- ¿El pastor alemán?

- Ay si, pobrecito, al final ya sólo aullaba así, como el viejito.
Par de pendejas, ¡quítenme las vendas con alcohol de la herida!

Se abre la puerta y llega Lauro finalmente.

- Ya, ora si ya está el taxi afuera.- anuncia

muy agitado y con sudor en la frente.

Gracias a Dios Tlacuache, sácame de aquí.

- ¿Qué? ¿qué? ¿qué? ¿Porqué está gritando así? – pregunta Lauro.

- Ay Lauro, ya se va a morir. – dice Doña Blanca entre exaltada y llorosa. Yo digo que hay que traerle a Don Chuy para que le de los santos óleos.

¡No qué santos óleos ni qué nada! Ya sáquenme de aquí.

- No, ya no hay tiempo, este señor ya se tiene que ir de aquí. – Dice Lauro.

- No, no, no, nada de eso, Lauro, nuestro deber como católicos, apostólicos y romanos es traerle a este hombre un sacerdote, que lo confiese y que le de los santos óleos, aunque sea vietnamita, ¿eh? ¡El Cielo es para todos! – dice Doña Blanca a gritos. Luego se cruza de brazos y los mira amenazante, con las cejas arqueadas y la boca fruncida.

- No pus eso sí.- dice Lauro mirando al piso.

No puede ser, ¡bola de imbéciles todos!

- Pero pus, el padre nos va a preguntar que quién es este señor.- dice Lauro.

- ¡Pus le dices! Le dices que te lo encontraste medio muerto ahí en la calle, balaceado, el pobre vietnamita, antes de irse al Gabacho. – contesta Dona Blanca, con toda seguridad.

- Pero no quiero que le vaya a contar a nadie que hay un señor balaceado en mi casa. Ni usted, Doña Blanca, no se le puede escapar nada con nadie. – Lauro la mira desafiante y levantando el índice derecho casi en su cara como regañándola.

- ¡No!, ¡no! ¿cómo crees mijito? Yo calladita, mira.- Doña Blanca hace una señal de cerrar su boca con candado.- Y al segundo abre la boca para volver a hablar.

- Mira...¡ya sé!... te confiesas tú con él, mijito, y le cuentas, así ya no puede contar nada, porque ya eso entra dentro del secreto de confesión.

Doña Blanca no espera a que Lauro responda. Marca un número en su celular y hace señal con el dedo de que la esperen. Es increíble que todos los presentes le hagan caso como si fuera el mismísimo Papa.

- Si, Don Chuy, oiga, aquí Laurito González, el hijo de Dolores y Don Mati, necesita una confesión por favorcito. - Doña Blanca habla muy despacio y a un volúmen altísimo, como si hubiera mala recepción en la llamada.- ...que si puede venir aquí a su casa por favor...sí, la azulita que está aquí al ladito... No, Don Chuy no puede ir él a la parroquia porque ... anda bien enfermo...

Doña Blanca hace señal de tener todo bajo control con la mano.

- ...pues sí mire, como que trae un virus raro, como influenza le dijeron, no puede salir a ningún lado, pero sí le urge confesarse, le URGE, Don Chuy... Pues no, no puede esperar a la noche porque, pues yo creo que hizo algo bien grave Don Chuy, yo creo que se acostó con otra mujer Don Chuy, igual hasta la embarazó, pobrecita Chabelita, tan bonita ella...Si...sí...sí....pues es lo que yo digo....ya ni la amuela ¿verdá? ...ay Don Chuy Dios se lo pague, aquí lo esperamos. Es la casita azul acuérdese, la que está aquí al lado.

Doña Blanca cuelga el teléfono. Chabela y Lauro la miran con furia.

- ¿Qué? Pus si no, ¡no viene! Además, ni que le cueste tanto trabajo, si la parroquia está aquí al ladito, hombre.

Tocan el timbre de nuevo.

- Ya llegó Don Chuy.- dice doña Blanca.

No inventes, cuando dijo al lado, lo dijo literal. Le abren la puerta a otro viejito, a este paso la casa del Tlacuache va a parecer muy pronto un geriátrico.

El hombre entra con una sotana y se pone un cubrebocas, se le asoma el ceño fruncido. No está contento.

Lauro me esconde casi todo el cuerpo con tres cojines para que el cura no me vea, soy tan pequeñito que con dos hubiera bastado. El padre voltea a ver a las dos señoras que lo miran azoradas, luego barre la mano en el aire, con gesto de que se esfumen.

- Váyanse para allá señoras, que la confesión es privada.

- Este... ¿Entonces sí me va a confesar Don Chuy? – pregunta Lauro sumiso.

Don Chuy se cruza de brazos y mira al cielo con impaciencia.

- A ver...¿pues qué no me llamaron para eso? – dice casi en un grito de furia.

- No, sí, bueno, osea, sí.

- Pero así de lejitos ¿eh? No me vayas a contagiar, y por favor rapidito porque tengo misa en un rato.

- Sí, padre.

A pesar de estar entre cojines puedo oír perfectamente.

- Ave María purísima.- dice Don Chuy.

- Este.. sin...sin pecado concebida.

- A ver, Laurito, ¿ora qué hiciste, mijo?

- Este pues mire, don Chuy, es que este Capulina me invitó a unos negocios...

- ¿Quién? ¿El hijo de tu tío César?, ¿Máximo?

- No, Marco Aurelio.

- Ay, ese chamaco anda metido en malos pasos, Laurito, no me digas que le dijiste que sí.

- Pues...le dije que pues...que iba a ver nomás, pero pues luego a la hora de los trancazos pues me rajé.

- Bien hecho.- Interrumpió don Chuy levantando las ambas manos al aire.- ¡Bieeen hecho!

- Pero pus... luego que había un viejito en medio del parque y que empieza la balacera y que le dan al viejito.

- ¡Ay Madre! ¡Ay Maaadre! ¿Ves? ¿ves por qué no puedes meterte con ellos Laurito? ¡Son narcos, Laurito! ¡Naaaarcos!

- Si, sí, pues ya sé, pues ya le dije que me rajé pero igual pues, igual le dieron al viejito.

- Dios lo tenga en su santa Gloria. –dice Don Chuy juntando las manos.

- No esque, pus, no lo tiene Dios en su Santa Gloria, Don Chuy.

- Eso ni tu ni yo lo sabemos, Laurito.

- No, pues esque yo sí sé.

- ¿Cómo de que tú si sabes?

- No pus porque lo tengo yo.

- ¿Cómo que lo tienes tú?

- No, pus es que me lo traje pacá.

Lauro me quita los cojines del cuerpo dejándome al descubierto y el padre de inmediato emite un grito de terror. *¡AAAY CABRON!*

- Le digo Don Chuy pero no le puede decir a nadie, porque pues conste que es mi confesión. Sólo...sólo quiero que le dé usted los santos óleos y lo confiese y todo lo demás, ya para que así Diosito sí lo tenga en su Gloria, y que por nosotros no quede, ¿no?

- Pero Laurito, hijo, ¿cómo se te ocurre traerte a un hombre moribundo aquí a tu casa?

- Pus ni modo de dejarlo ahí tirado, padre. ¿Que hubiera hecho Jesucristo, a ver? - pregunta Lauro.

- Mira Laurito, a mí no me andes cuestionando, ¿eh? - dice el cura quitándose el cubrebocas.

- ¿Habla español? - pregunta el padre.

- ¡Sí habla español, Don Chuy!- se oye a Doña Blanca decir desde lejos.

El padre se me acerca algo temeroso. El aliento le huele a mierda. Intento respirar por la boca.

- Hijo, ¿Quiere usted confesarse?

Cierro los ojos y abro ligeramente la boca. No puedo verlos pero los puedo escuchar.

- Híjole, ora sí ya se murió.- dice Lauro- al menos échele una bendicioncita.

- Domini Patris et Fillis et Spiritus Sancti. – reza don Chuy mientras le hace la señal de la cruz moviendo su brazo de arriba abajo y luego de lado a lado.

Todos dicen al unísono:

- Aaamén.

- ¿Y hora qué vas a hacer con el cuerpo Laurito? – pregunta el padre.

- Pus, antes de morirse me pidió que lo dejara en la gasolinera que está cerca de la plaza

Zaragoza. Yo creo que ahí iban a pasar por él o algo. Ya hasta le había pedido un taxi, lo está esperando ahí afuera. Pero pus hora no lo puedo mandar así ya muerto.

- No pues tú llévalo, al menos para que recojan su cuerpo- dice Don Chuy mientras se seca el sudor de la frente con el cubrebocas.

- ¿Y qué le vamos a decir al taxista? Ni modo de decirle que está dormido.- dice Lauro.

A los pocos minutos, Lauro y don Chuy me encueran y me visten con ropa de Lauro. Aún con su flacura, su ropa me queda nadando, pero al menos ya no se ven los agujeros de las balas ni la sangre. Yo todo el tiempo permanezco con los ojos casi cerrados y a ellos no se les ocurre checar si tengo pulso o no, aunque yo creo que si lo tengo, ya es demasiado débil para ser detectado.

Me siento como borracho, una sensación relajada y placentera. Me ponen una gorra en la cabeza y luego, el Tlacuache me mete un cigarro entre los labios.

- Si usted viene conmigo padre, no me van a preguntar nada.

- No Laurito, eso sí que no.

- Ándele Don Chuy, usted y mi papá eran bien amigos, hágalo por mi jefe ándele.

Acto seguido me carga uno de cada lado, abrazándome y me meten al asiento trasero del taxi. Abro un poquito más los ojos para ver mejor.

- ¿Oiga, oiga, qué le pasa a su amigo? – pregunta el taxista.

- Viene pedo.- dice Lauro.

- Llévenos a la gasolinera de la Plaza Zaragoza, hijo por favor. – dice Don Chuy.

- Sí padre.

- ¿Pero cuánto nos cobra de aquí a allá eh?- pregunta Lauro.

- No, no nada, padre, nomás faltaba. Nomás échele una bendicioncita a mi carro, ¿si?

Efectivamente, tiene razón el Tlacuache, cuando se trata de un sacerdote, nadie hace preguntas. Increíble.

Cuando llegamos lo primero que veo es a Macario en cuclillas al lado de la casa de cambio. Siento una alegría inmensa, pero cuando vuelvo a voltear, Macario ya no está ahí. ¿Lo habré imaginado?

Abren la puerta del taxi y me sacan con cuidado. Puedo sentir el sudor de Lauro y el aliento putrefacto de Don Chuy, uno en cada mejilla. Hay una banquita al lado de los baños. Me acomodan ahí con cuidado, me detienen los hombros. Lauro tiene los ojos llorosos y hace un puchero con la barba. Me da palmaditas en el hombro sin decir nada. Don Chuy me vuelve a dar la bendición en latín, luego ambos se meten al taxi y se alejan. Cuando ya el coche está fuera de la vista, abro los ojos lo más que puedo. Me cuesta trabajo, no tengo que fingir estar moribundo porque realmente lo estoy. Busco a Macario, de pronto vuelve a aparecer.

- Macario...

Mi voz se oye desmayada, un ruidito casi imperceptible.

- Híjole Juanito, ahora sí que ya estás a punto de estirar la pata.- dice Macario con su sonrisota de siempre y sus ojos de bulldog.- ¿Puedes caminar hasta la casa de cambio?

Intento decir que no con la cabeza. Luego de un rato, Macario vuelve a desaparecer.

Cuando abro los ojos de nuevo, veo a Macario discutiendo con alguien. Reconozco la voz del viejo limbante de la casa de cambio.

- Mire señor, en ciento cuatro años que llevo

trabajando aquí NUNCA me han regresado un cuerpo así de madreado. Yo no puedo entregar la mercancía así.

¿Ciento cuatro? No inventes, pobre hombre...

- Bueno sí, pero es que el ayudado era un narcotraficante. Además, ya me dijo usted que sí fue satisfactoria su consigna ¿no?

- Sí, sí fue satisfactoria.

- Bueno, entonces ahí está. Ya apruébela.

Respiro profundo. Con tanto desmadre, ni me había dado cuenta que logré sacar a Lauro de la balacera. Bueno, se salió él mismo por proteger al viejito, ¿eso cuenta? Por lo visto sí.

De pronto Macario vuelve a desaparecer. ¿Y ahora qué está pasando? De repente lo veo, de repente no.

- Mire, le voy dar a la señorita un cuerpo provisional, en lo que arreglo este otro.

- Oiga, no sea burócrata, ¿Qué va a hacer con otro cuerpo? Se tiene que regresar a San Antonio hoy mismo y con un cuerpo humano se va a tardar mucho más la cosa.

- Pues que lo regrese en San Antonio entonces, ahí hay casas de cambio. En Estados Unidos están abiertas las 24 horas.

- ¿Y no puede regresar el cuerpo usted cuando ya lo haya reparado?

- ¡Pues claro que no!, los cuerpos los tiene que entregar el mismo solicitante.- dice el viejito.- Además, si le doy un cuerpo provisional lo tiene que regresar a una sucrusal especial donde se acepten los cuerpos provisionales de regreso.

- ¡Pero qué complicación! ¿Y en qué sucursal puedo entregar el cuerpo provisional?

- La más cercana es la 876, está en Monterrey. Bueno, y en Estados Unidos casi todas las casas de cambio ya aceptan los cuerpos provisionales. Desde hace cinco años ya cuentan con ese servicio, pero aquí pues seguimos un poco atrasados.

El señor limbante sale de la casetita con un sello de madera en una mano y un cojincito de tinta roja en la otra mano. Se me acerca. Moja el sello en el cojín y luego me sella la frente. De pronto me siento más fuerte. Siento la sangre corriendo en las venas con rapidez. Puedo abrir más los ojos. Veo de nuevo a Macario.

- ¡Macario!

Macario suelta una carcajada, aplaude con fuerza y me lame las manos y los pies mientras mueve la cadera con su ritmo veloz.

Le acaricio la cabeza y le tomo los cachetes con mis dos manos.

- Macario, ¿dónde estabas?

- Aquí, ¡esperándote todo el tiempo!

- ¿Por qué te veía y de repente no te veía?

- Pues porque ya estabas agonizando. Entre que te ibas y entre que te quedabas. Pero ahora sí ya te fuiste.

Miro la banca. El cuerpo del viejito sigue ahí sentado, con la ropa de Lauro colgándole inmensa por todas partes; la gorra y el cigarro en la boca. Se ve diminuto, la boca la tiene entreabierta y los pocos dientes restantes están rotos. El color de su piel es gris, algo verdoso. Sí que dejé jodido al pobre hombrecito.

Abrazo a Macario. Puedo sentir mi cuerpo de nuevo. Me miro las manos, me toco el pelo. Nunca en la vida he estado más agradecida de mis formas como en este momento.

- Pues vámonos Macario, vámonos volados a San Antonio.

Macario me mira con tristeza. Ya se me había olvidado nuestro trato. Macario quiere regresar al D.F. Nos quedamos callados unos segundos, intento romper el hielo.

- ¿Todavía quieres que mate a Sonia? – pregunto en tono suave y dulce, aprovechando su estado vulnerable.

- Sí, si me haces favor. – dice Macario educadamente.

- ¡Ay Macario! ¿No puedes solucionar tú mismo tu bronca con ella?

- La estoy solucionando.

- Muy bien Macario, llegando a San Antonio, voy a matar a Sonia, pero ahorita no puedo hacer nada, necesito mi computadora y una media hora para sentarme a escribir.

- Muy bien.

- Mira, te tienes que volver a meter al baño.

- ¿Pero por qué? Ya pasé la prueba ¿no?

- Sí, pero van a arreglar el cuerpo del viejito y tienes que regresar un cuerpo en buen estado a fuerza. Si no, no queda completa la consigna.

- ¿Y entonces qué?

- Te van a dar otro cuerpo.

- ¿Otro? ¡No, por favor!

- Ni modo, ahora tienes que entrar a la

puerta de la derecha.

- Y tú ¿qué? ¿Ya te vas a ir?

- Sí Regina, ya me quiero regresar. Mira, si quieres te puedo acompañar hasta la frontera, pero no más allá.

- No, pues ya vete mejor.

- ¿Estás segura?

Asiento con la cabeza, luego Macario me da un abrazo mientras me olfatea. Tiene la mirada triste. Puedo oír un ligerísimo aullido ahogado en el fondo de su garganta. Yo me siento igual. Se aleja rápidamente a la salida.

- Nos volveremos a encontrar ¿verdad?

- Seguro.- Le digo, y cuando cierra la puerta de cristal, desaparece de mi vista, y de este capítulo de la novela. Puedo sentir los ojos húmedos. Me doy la media vuelta y sin pensarlo dos veces, entro a la puerta de la derecha con la figura que indica ser el baño de mujeres y cierro con seguro. Me siento en el excusado. Espero unos segundos. Me paro y me miro en el espejo. En el reflejo se ve sólo la mitad de una cara. Soy demasiado pequeña para que mi nueva imagen se relfeje. Doy un salto y me detengo del lavabo. Soy una niña. No tengo más de diez años. ¡Por Dios! Y ahora ¿cómo le voy a hacer para cruzar la frontera a esta escuincla? Mis nuevos ojos son oscuros y enormes, casi desproporcionados con el resto de la carita, soy morena con rasgos medio mulatos, el pelo rallando en lo claro y furiosamente chino me enmarca la cara como una aureola. Mi reflejo me recuerda a los niños de la costa de Guerrero, los que venden todo tipo de cháncharas en las playas, los que mueven la pancita como gusanos para pedir dinero. Está muy linda la chamaquita. Cierro los ojos y suspiro. Soy una menor y obviamente no tengo papeles. Esto va a ser un grave problema.

- Oiga, ¿no tiene los papeles para este cuerpo? ¿una visa express o algo? Tengo que llegar a San Antonio, Tejas hoy mismo.

- No señorita, los cuerpos no vienen con papeles, me dice el viejito limbante escribiendo en su computadora sin voltearme a ver siquiera. Su tono es pausado, me deletrea cada sílaba cuando dice: *No, se-ño-ri-ta,* lo dice como si acabara de escuchar la pregunta más estúpida que le hubiesen hecho en sus ciento cuatro años de trabajo.

El viejo limbante sale de la caseta y sin decirme nada, se aproxima y groseramente me sella la frente a mí también.

- ¿Y eso? – pregunto.

- Es un sello que indica que este es un

cuerpo provisional.

Me miro en el reflejo del vidrio. Mi sello no se ve.

- Oiga, mi sello ni se ve.- le reclamo.

- Porque usé la tinta de queroseno, nimodo que vaya usted por la calle con un sello rojo en la cabezota. Cuando llegue allá, con la luz neón, le van poder ver el sello.

- ¿Cómo en Chuckee Cheese's? – pregunto con ironía.- A lo que el señor me mira con impaciencia y suspira ruidosamente, como haciéndome saber que soy la peor parte de su día. Pinche amargado, ojalá se quede de limbante muchos años más por malaleche.

Me aproximo al viejito oriental que sigue sentadito como lo dejé. Le meto la mano a la bolsa del pantalón, saco los quinientos pesos que me había dado Macario y me los guardo en mi pantaloncito de mezclilla.

Veo mis manitas. ¡Pero si soy diminuta! Siento de pronto un retortijón en la panza. ¡Tengo hambre! Es la primera vez en todo el día que siento hambre. El cuerpo es muy joven pero está sano y reclamando comida. Por supuesto que se la voy a dar de inmediato. ¡Faltaba más!

En la tienda de la gasolinera, pido un mapa de Nuevo Laredo que me acaba regalando el

223

señor que atiende. Me dice que hay un mercado como a un kilómetro y medio. Me circula con plumón rojo el lugar donde estamos y el lugar donde está el mercado. Le doy las gracias. Estoy contenta por estar en México y porque voy a comer comida auténtica.

Me siento ágil, camino con prisa. Se me olvidaba lo que era trotar con un cuerpo de niña, ligera, casi volando, sin temblores de nalgas o pechugas, sin jadeos. ¡Qué maravilla!

MERCADITO MACLOVIO HERRERA,
(NUEVO LAREDO, TAMAULIPAS)

En los mapas todo parece estar cerca. Le di a la derecha en la Avenida Vicente Guerrero calculando que iba a llegar en unos cinco o diez minutos al mercado. Pero lo que en el mapa se veía como un tramito de nada, resultaron ser cuarenta minutos de caminata. Mi orientación en el espacio ya de por sí es bastante limitada pero el día que salieron los GPS, esta función murió para siempre y me volví totalmente dependienta de las vocecitas robóticas que dictan con punto y coma como llegar del punto A al punto B. Si hubiera sido un marinero en la época de Hernán Cortés, cuando se guiaban sólo con las estrellas y la memoria, me hubieran echado por la borda por pendejo. ¡Cómo me hacen falta mi iPhone y Google Maps!

Entro al mercado agitada y sudada de pies a cabeza. Lo primero que veo es un puesto de piñatas de picos brillando orgullosas con sus papeles metálicos coloridos. Ya mero es diciembre y se acercan las posadas. Puedo ver también a algunos muertos merodeando por los pasillos. Lo bueno de tener un cuerpo a consignación es se pueden ver a los vivos y a los muertos por igual. Ya cada vez los voy distinguiendo mejor: los muertos tienen una mirada muy distinta, un poco más pacífica, un poco más desanimada que los vivos, se mueven más aletargados y algunos están vestidos de otras épocas, aunque luego también hay vivos vestidos muy raros y con miradas apendejadas, por eso, a veces me cuesta distinguirlos, pero cada vez menos.

Lástima por los muertos que no pueden comer. Yo nomás por poder comer haría veinte consignas más. Mi sentido del olfato detecta el olor a fritanga y me guía directamente a un puesto de quesadillas. Doy un brinco para sentarme en un banco que me parece gigante.

- Deme dos quesadillas, una de huitlacoche con queso, otra de rajas con queso y una Coca light por favor.

Del otro lado de la barra hay una mujer con un delantal blanco que me sonríe y asiente con la cabeza. Es bastante gordita y tiene una expresión alegre y vivaracha. Ésta sí, de muerta no tiene nada, estoy segura. Le paso el billete de 500 que me dio Macario y me regresa el cambio. Tengo que formar una cunita con las dos manos para que no se me caigan las monedas y los billetes.

La mujer se enjuaga los dedos en una cubeta de agua que está al lado y comienza a trabajar con la masa y el queso y yo a salivar como perro. Después de unos minutos, me acerca un plato de plástico humeante con dos quesadillas fritas. Ataco las cazuelitas de salsa verde y crema que están puestas en la barra, les robo varias cucharadas a cada una y dejo las quesadillas rebosantes de verde y blanco. Luego le soplo un poco y me quemo los labios y la lengua al darle la primera mordida. Estoy en el paraíso. Sin lugar a dudas, esta ha sido la mejor parte de mi día. ¿Qué me espera en un rato? No tengo idea. Por el momento, estoy ocupada en este ritual orgásmico donde sólo existimos las quesadillas y yo. Todo el resto del mundo, por el momento, puede irse a rechingar a su madre. Doy gracias en silencio. No puedo imaginar una mejor merienda de acción de gracias. Le doy tragos grandes a la Coca-Cola light y pienso en Macario, ¿seguirá en Tamaulipas o ya andará por Nuevo León? ¡Salud Macario! Donde quiera que estés.

Me acabo con rapidez el manjar, luego, con los dedos, rescato las sobras crema y salsa que quedaron. Le doy los últimos tragos al refresco. La succión del último chorrito que queda, emite un gorgoreo sonoro que sale de la botellita de cristal. Me interrumpe este estado de delicia la voz juguetona de la quesadillera.

- Oye, mijita y tú por qué andas tomando Coca de dieta y no Coca normal? Pus ¿cuántos años tienes?

¿Coca de dieta? Cierto. Ya es mi rara costumbre de tomar refresco de dieta cada vez que como algo de "no dieta", como estas quesadillas fritas.

La mujer, tiene la cara sostenida sobre el dorso de la mano, el codo apoyado en la barra. Está muy intrigada observándome. Decido contestarle sólo a una de las preguntas. Me da pereza inventar dos respuestas.

- Nueve.

No fue difícil el cálculo. Tengo un hijo de casi diez. Sé que este cuerpecito debe de tener aproximadamente esa edad.

- ¿Y qué andas haciendo aquí solita? ¿Dónde está tu mamá?

De nuevo la inquisición. No tengo cabeza para tantas respuestas en este momento. Tengo la barriga llena y eso me hace estar en un estado de tranquilidad a pesar de todo. Tal vez por este mismo estado, decido contarle la verdad. Esta mujer me da confianza, tiene cara de buena gente.

- Vengo solita. Me voy a cruzar la frontera.

Para mi asombro, la mujer no pone cara de susto, no se alarma de saber que una niña de nueve años tiene intenciones de arriesgar su vida cruzándose la frontera México – Estados Unidos. Mantiene una sonrisa todo el tiempo. Me retira el plato vacío y me da otro plato lleno.

- Mira, te voy a regalar un sopecito.

Su expresión es alegre. Las líneas que le trazan la cara son patas de gallo en la comisura de los ojos y líneas perpendiculares que le zurcan las mejillas, son marcas de haber sonreído mucho. La edad se la veo en las venas anchas que le recorren el dorso de la mano y en la piel arrugada que le sobra en los dedos. Le sonrío de regreso.

Ya estoy llena pero no tengo ni medio problema con acabarme también el sope que me pone enfrente. Puedo sentir el cariño maternal que despierto en esta mujer.

- ¿Y ya tienes coyote que te pase mijita?

Así tan campante me lo pregunta, como si me estuviera preguntando si ya sé quién va a ser mi maestra el siguiente año escolar.

Recuerdo que estoy en ciudad fronteriza y en estos últimos años el número de niños migrantes que se cruzan la frontera ilegalmente a Estados Unidos provenientes de Centro y Sudamérica ha ascendido a un nivel histórico. Además, según dice mi mapita, este mercado está sólo a diez cuadras del puente Juárez-Lincon, uno de los puentes que cruzan a Laredo. Esta mujer debe de ver niños migrantes todos los días.

- Sí, gracias.

La mujer me da una palmadita cariñosa en el cachete, luego se voltea y aplana las bolas de masa para hacer más tortillas. Con manos ágiles forma cuatro óvalos exactamente iguales y los pone en el comal caliente. La rapidez con la que trabaja hace que mis ojos se sobre esfuercen por seguir el ritmo.

- Aunque pues, si tiene alguna sugerencia de quien me pueda pasar al otro lado se lo agradecería mucho.- le digo mirando a las tortillas que comienzan a inflarse todas al mismo tiempo.

La señora les coloca a cada una un generoso puño de queso Oaxaca desmenuzado y luego las dobla con cuidado. La mujer sonríe más todavía y sin voltearme a ver, muy atenta a sus quesadillas en el comal, me dice:

- Qué bien hablas para tener nueve años, mijita. Se ve que eres una chamaca lista. ¿Cuánto tienes pa' pagarle al coyote?

Pongo carita de ingenua, sabiendo que la respuesta que le voy a dar es ridícula.

- Lo que me sobró de las quesadillas.

- ¿Los 460 pesos que te regresé de cambio del billete de 500?

Asiento con la cabeza. La mujer suelta una carcajada que hace que le lloren los ojos. Con el dorso de la mano se seca las lágrimas.

- Ay mijita, pos con ese dinero no te alcanza ni pa' cruzarte la banqueta. Un coyote fiable cobra mínimo dos mil.

- ¿Pesos?

- Nombre, ¡qué pesos!, dólares.

- No pues entonces no me alcanza ¿verdá? Híjole, pues esque ya me están esperando mis hermanos en Laredo.- Pongo gesto de tristeza, mirando al piso. Mi carita de desconsuelo es probablemente la única arma con la que cuento con un cuerpo de nueve años, pero siendo mamá de tres hijos, sé lo poderosa que puede ser. He aprendido mucho de Andrés mi hijo, que a sus siete años es un manipulador profesional y tengo la intuición de que esta mujer puede darme alguna información valiosa.

La mujer saca un celular de su bolsa y textea algo. Parece haber recibido una contestación, porque sonríe. Sigue texteando durante unos segundos. Luego se asoma al pasillo y levanta la mano como haciéndole señas a alguien de que venga.

Se aproxima a nosotros un muchacho de unos dieciséis años con unos audífonos en los oídos, vestido con una camiseta negra sin mangas que dice en letras blancas:

Keep Calm
and
No me Chingues

El niño, malencarado y con cara de pereza, truena una bomba de chicle azul y groseramente le dice a la señora:

- ¡Maaaande!

- A ver mijo, esta niña es una sobrina mía, quiere pasarse a Laredo. Quiero que la lleves con Elías García, el esposo de Simona. Sí sabes a donde trabaja ¿verdá?

El niño asiente con la cabeza una vez. Por poco se le cierran los ojos y enchueca la mandíbula, mostrándonos lo infinitamente aburrido que está.
Pues aunque pongas esa jeta, parece que sí te vamos a chingar, así que "Keep Calm" ¡tu madre! ...y mastica con la boca cerrada, pinche escuincle maleducado.

Parece que el niño escucha mis pensamientos porque inmediatamente cierra la boca y se pone derechito.

- Él ya sabe que se la va a pasar. Pero llévatela rápido ándale, porque me dijo que ahorita en cuanto anochezca ya se va el siguiente grupo.- dice la mujer.

Me quedo muy quieta. No puedo creer la fortuna que tengo de haberme topado con ella y de que tuviera tan buena palanca con un coyote. Me parece demasiada buena suerte. ¿No será un muerto en el cuerpo de una quesadillera que me está ayudando? ¿Seré yo una de sus consignas? La miro fijamente con curiosidad. ¿Estará muerta? ¿será un espíritu? Le pregunto en voz bajita:

- Oiga señora, ¿no será usted como un ángel de la guarda? – pregunto intrigada.

Espero que entienda mi pregunta. Pero suelta otra carcajada y me dice sin reparos.

- No, ¡Qué esperanzas mija! Hoy me agarraste de buenas, pero otros días, nooombre, soy la piel de Judas. Debías de verme cuando me rebotan un cheque.

Me uno a su risa contagiosa. De mi pequeña garganta genero una risilla que suena muy distinta a mi risa habitual, con un decibel agudo y adorable, propio de una niña pequeña. Me gusta emitir este sonido, me acuerdo de mis hijos. Me río aún más y ella también.

La manera de ser tan despreocupada de esta señora me hace sentir tranquila. Con ella, siento que nada terrible puede pasar.

- Pues qué suerte que usted sea pariente de un coyote.

- Mija, esto es Nuevo Laredo, TODO el mundo es pariente de un coyote. Ándale ya vete. Apúrale que te dejan. A ver, ven, arrímate pacá.

La mujer se seca las manos con su delantal y se pasa del otro lado de la barra para acercarse a mí. Me bajo del banco de un brinco y me aproximo a ella. Me hace la señal de la cruz tres veces en la frente.

- Qué Dios te cuide, mijita.

Luego, se quita del cuello un escapulario de hilo con dos cuadritos de tela bordados. Me lo pone. Miro los cuadritos. En uno está la imagen de la Virgen de Guadalupe, en el otro, distingo a San Judas Tadeo con su bastón y su medallón dorado en el pecho. Sé que Judas Tadeo es el patrono de los casos imposibles. Siento la garganta oprimida.

Sin decir agua va, me refundo en los brazos de la quesadillera. Permanezco así unos instantes, más de lo que debería durar un abrazo que se darían dos extraños, pero soltarme sería lo último que haría en este momento.

En fracciones de segundo, me acuerdo de mi mamá, de mis hermanas, de mi abuela y de mis tías, me acuerdo de sus abrazos. Con estas sensaciones, me quedo prendada de la mujer un rato más.

La carita se me pierde entre los pliegues de la panza de la señora. Ella no pone resistencia, me rodea con los brazos, éstos también son blanditos aunque aprietan con firmeza. Su cuerpo me envuelve como un edredón de pluma y a pesar de tanta suavidad, me siento más protegida que nunca. Inhalo hondo. Huele a cilantro, a masa de maíz y a humo. Puedo hasta detectar un ligero aroma de jabón de la mañana. Mientras me abraza, se sigue riendo un poco. Siento miedo en el cuerpo de la niña, pero mi mente adulta me dice que si no hubiera estado enredada hasta el pescuezo en este lío, nunca habría tenido el privilegio de abrazar a la quesadillera del Mercadito Maclovio Herrera en Nuevo Laredo y sólo por eso, valió la pena todo.

Me despego de la mujer y comienzo a seguir al escuincle malencarado vestido de negro que camina de prisa sin voltearme a ver por los pasillos del mercado con los audífonos metidos en los oídos. Su cabeza se mueve de lado a lado con ritmo y por el tipo de movimiento puedo adivinar que escucha algún tipo de reguetón, el cual detesto.

Salimos del mercado por la parte trasera, donde están los basureros. Me tengo que tapar la nariz por el hedor a carne y pescado podridos.

Entre todo el escombro, apoyada en una esquina, hay una motito roja bastante destartalada. El niño se sube a la moto y la echa a andar. Emite un estruendo que me hace saltar. La pinche moto es diminuta pero ruge igual que una Harley, seguro que le quitó el escape o algo le hizo para hacerla más escandalosa. Se mete un cigarro a la boca y lo prende. Luego, exhala el humo y se me queda mirando.

- ¿Qué? ¿Te vas a subir o no?
Óyeme, a mí no me vas a hablar así ¿eh? ¡Nomás faltaba!

Asiento con la cabeza agachada. Me subo con dificultad y quedo sentada detrás de él, puedo sentir que estoy temblando de las piernas y de las manos. Pisa varias veces el pedal dando acelerones y con cada uno, siento los rugidos retumbandóme en el tímpano. Cierro los ojos y me agarro de su espalda con todas mis fuerzas como si me fuera a echar de un paracaídas. Luego da un acelerón brusco donde casi me caigo de espaldas.
¡Con cuidado! ¿Nos quieres matar a los dos?

NUEVA CENTRAL DE AUTOBUSES
(NUEVO LAREDO, TAMAULIPAS)

No tardamos más de quince minutos en llegar, pero el trayecto se me hace eterno. Cuando la moto se detiene yo sigo paralizada. El muchacho se baja y yo le trato de seguir el paso a pesar de mis piernas temblorosas. Llegamos a una estación de autobuses. Nos detenemos frente a un autobús junto al cual hay un hombre metiendo maletas al compartimento del equipaje.

- Quiúbole Panchito. ¿Ésta es la sobrina de Doña Amparo? - pregunta el hombre revisándome con el ceño fruncido. El niño asiente mientras prende otro cigarro.

- ¿Ya hay alguien que te espera en Laredo, mija?

- Sí, señor.

- A ver mija, agáchate y ponte en cuclillas. – Me dice el hombre.

Siento la sangre subirme a los cachetes. He oído historias terroríficas de los pobres niños migrantes: asaltos, robos, violaciones, tráfico de órganos. Quiero salir corriendo de ahí. No me muevo.

El muchacho hace ojos en blanco, echa el humo del cigarro con una exhalación ruidosa, me empuja los hombros con fuerza y me obliga a agacharme. Me pongo a temblar aún más. Permanezco en cuclillas y me abrazo las rodillas haciéndome bolita. Aprieto los ojos.

- ¿Puedes quedarte así como unas dos horas?- pregunta el camionero.

No entiendo la pregunta. Me quedo callada. El hombre se mete al compartimento donde están todas las maletas. Me asomo de reojo. Del piso, abre una pequeña compuerta que apenas se ve y saca una maleta rectangular negra. La pone junto a mí y la abre del cierre.

- Ahí cabes bien. Mira, te vas a quedar bien calladita todo el camino. Si sientes que zarandean la maleta o que hay un perro olfateando la maleta, te sigues quedando calladita y sin moverte, así como estás ahorita. ¿Okey? Órale, trépate, mija.
¿Qué? ¡Estás loco si piensas que me vas a encerrar en esa maletita!

- No quiero meterme en una maleta.

Es la primera vez que oyen mi voz. Por la opresión de la garganta, me sale entre cortada, como si estuviera a punto de llorar.

- Por favor no me meta ahí, señor.

- Pos es que no hay de otra. Mira mija, todos los pasajeros que llevo aquí ya llevan papeles. No tengo tiempo de sacarte un papel falso y por eso te tienes que ir en una maleta. Pero no pasa nada, yo paso a gente en estas maletas todos los días. Mira, ya hasta tienen hoyitos en la parte de abajo para que respires por ahí. En esta, como es para niños, hay unos Chocorroles en la bolsita, digo, por si te da hambre.

- No quiero meterme en una maleta, me da miedo.

El hombre y el niño se quedan mirando.

Mira mijita, yo sé que eres sobrina de Doña Amparo y con gusto te paso a Laredo pero pus es así o así. No te puedo trepar al camión como pasajero, me jugaría la licencia.
¡Como si no te la jugaras todos los días!

Pienso en el horror de estar sin moverme en una maleta en la oscuridad. ¡No!, no es opción.

- No me voy a meter a una maleta.- repito muy tajante.

- Ay, mija.- El hombre suspira y se masajea la sien.- ¿Dices que Doña Amparo es tu tía ¿verdá? ¿Qué tan cercana?

- Hermana de mi mamá.- improviso rápidamente.

- Ta madre...hermana de la mamá...

Se queda pensando unos segundos. Luego toma el celular y marca un número.

- Moisés, ¿ya se fue tu grupo?...Oye, ¿tienes espacio para uno más? ...Nombre, pero ésta ni abulta, es una huerquilla, cabe donde sea. No, si me la iba a llevar yo en el camión pero dice que no se quiere meter a una maleta y no se vaya a poner a gritar a medio camino... ¿No te acuerdas de la vieja esa que gritaba que tenía claustrofobia? Nombre, no me la vuelvo a jugar, cabrón. Mira Moi, esta huerca es sobrina de Doña Amparo, mi madrina, a la que te conté que le debo lana, cabrón. Mira, hazme el paro, le debo este favor a Doña Amparo; igual con eso, me perdona parte de la deuda. Mira, te la pasas y te doy quinientos baros, cabrón. Pásate a la niña, carnal. Te la mando ahorita con Pancho. Órale, órale pues... No, pérate, no te vayas, carnal, llega ahí en diez minutos. Pérala. Ta bueno, pues, como quiera vienen tú y Adela a los quince años de Leti el sábado ¿no? Sale pues, ahí los vemos, ahí te pago los quinientos, pinche Moi. Ta bueno... Diooos.

El camionero cuelga el teléfono y se me queda viendo.

- ¿Sabes nadar mija?

Asiento con la cabeza.

- Órale, ya oíste Pancho, llévasela a Moisés en chinga. Ya están en la orilla del río, ahí por donde el sembradío de sorgo. Ya nomás la están esperando. Vete órale, pítale.

Respiro aliviada. Esta vez me trepo a la moto con más agilidad. Me vuelvo a agarrar con fuerza y salimos hechos la raya con el estruendo espantoso.

Al poco tiempo, salimos a una carretera y Pancho le acelera aún más. Siento que vamos a cien millas por hora. Me tiemblan los cachetes y casi no puedo respirar por el aironazo en la cara. Luego, damos unas vueltas bruscas y llegamos a un enorme sembradío. Sé que es de sorgo sólo porque lo dijo el tal Elías, pero realmente no tengo idea de lo que sea el sorgo, me voy enterando que son una especie de pastos verdes.

Nos internamos en el sembradío aplastando varias plantas. Tengo que agarrarme con más fuerza porque al pasar por los montones de tierra, la moto brinca sin control. Frenamos bruscamente y abro los ojos. Estamos a la orilla de un río. No había visto el Río Bravo más que desde arriba del puente. Se ve mucho más ancho y rápido cuando uno está a su nivel; igual por eso se llama como se llama.

Hay un grupo de ocho personas. Son tres mujeres y los demás son hombres.

A la orilla del río, hay balsitas fabricadas con llantas negras como las que usan en los parques acuáticos para echarse de los toboganes. Las llantas están amarradas unas con otras y en la parte de arriba llevan una plataforma hecha de tablas de madera que hace de base para llevar a los pasajeros.

El corazón me empieza a latir con pulso veloz. No sé si hubiera sido mejor meterme a la maleta.

- ¿Tú eres la huerquilla que manda Elías? – pregunta el que parece ser el coyote.

- Sí. Soy yo.

Oigo la moto de Pancho alejándose con su estruendo molesto. No me asombra que ni siquiera se haya despedido.

El tal Moisés es chaparro y tiene la cara muy redonda. No lleva camisa y en los dos brazos tiene tatuajes; del lado derecho la Virgen de Guadalupe con todos sus colores brillantes y del izquierdo, una mujer desnuda poniendo cara de orgasmo.

Tas bonita.- me dice y me sonríe.

Me quedo muy seria.

- ¿Ya tienes quien te espere en Laredo?- pregunta Moisés.

Asiento con la cabeza. Por lo visto, es importante para los coyotes que los niños tengan a alguien que se haga cargo de ellos después de la travesía.

Me hace señales con la mano para que me acerque a las personas que están agrupadas en círculo. Moisés se para en medio de todos y con un remo en la mano, comienza a hablar en voz alta y moviendo exageradamente las manos como si estuviera declamando.

Es un espectáculo ver los rostros atemorizados intentando poner la máxima atención posible. Todos con cara de preocupación, nerviosos de que se les vaya alguna instrucción, algún detalle que pueda resultar fatal.

- A ver señores, ¡atención! Lo que sigue es de que vamos a hacer tres grupos. A cada uno le va a tocar un barco. Así es de que yo los voy a pasar al otro lado del río. Ahí no va a haber de que los agarre una patrulla, o sea de que no se espanten. Pero tampoco es de que se confíen ¿okey? Ya del otro lado, es de que van a voltear a su derecha y allá a lo lejos, apenitas, se van a ver unas torres de alta tensión...

¡Qué mal habla este cuate!

243

-...así es de que, ustedes van a pegar la carrera hasta allá lo más rápido que puedan. Y es de que no levanten los ojos ¿eh? Porque allá del otro lado del río ya son los Estados Unidos. En ese país tienen cámaras por todos lados que detectan quién es uno. O sea de que si voltean parriba le toman fotos al iris de los ojos de uno por satélite y con eso, o sea de que, ya lo tienen a uno en el registro ¿eh?, y si lo tienen a uno en el registro, pues ya no le dan trabajo a uno...

A pesar de las sandeces que dice y la mala gramática maneja, habla como quien tiene autoridad y eso basta para que todos y cada uno de los migrantes lo escuchen muy serios, porque de ese discurso pendejo depende su vida.

- ...osea de que... ni se les ocurra voltear parriba. Luego, van a llegar a una carretera, se llama la número 35, así es de que ustedes van siguiendo de lejitos la carretera, o sea de que no vayan a caminar sobre de la carretera, no, sólo la van siguiendo de lejitos, así, entre los matorrales y demás. Siempre siguen derechito, esa es la 35.

Luego, cuando vean la calle de Saunder ahí la siguen a la derecha, igual tooood0 derecho, esa los saca como en una hora al centro de Laredo. O sea de que si ven carros pos se esconden ¿no?

...y luego cuando lleguen al mero centro, preguntan por el Hostalito Azul. Ahí, dicen que los manda el Moi. Ahí es de que les van a dar de comer y se pueden quedar a dormir una noche, también les dejan hacer una llamada por teléfono, ya va incluido en el paquete ¿eh? O sea de que vayan pensando a quién le van a hablar, porque sólo es una. Y de ahí, pues de ahí, pues ya caduno se va pos a donde caduno se tenga quir. ¿Tamos claros?

Todos asienten. Estoy tratando de recordar cada una de las confusas indicaciones. Estoy segura que todos están haciendo lo mismo. Miro a todos pensando a qué grupo me le podré pegar.

- ¿Y usté cómo se llama?

Una vocecita me pregunta. Nadie se había interesado por mi nombre desde que tomé este nuevo cuerpo. Me volteo para encontrarme con un niñito muy sonriente que parece incluso más chico que yo. No lo había visto antes. Yo pensaba que había puros adultos. Tiene la piel tan morena y los ojos tan grandes y redondos que podría pasar por hindú.

- Guadalupe.- le digo y le sonrío también.

- Yo soy Jonás Jiménez.

Por su acento sé que no es de México. Me ofrece la mano a manera de saludo como si fuéramos dos adultos en una junta de trabajo. Le doy la mano y apretamos con firmeza.

- ¿Cuantos años tiene?- me pregunta.

- Nueve.

- Ocho.- me dice señalándose con el pulgar.
¡Ocho años! ¡Pero si eres un recién nacido ¡por Dios!

Yo vengo solo ¿Se quiere venir conmigo en la barca?- me pregunta, siempre hablándome de usted.

-Sí.-contesto.
¡No te voy a dejar aquí solito!

- Pues ya nomás queda esperar nuestro turno, Guadalupe.

Nos acercamos a la única balsita vacía que queda. Vamos a ser los últimos en cruzar. Jonás me hace un gesto con la mano de que suba yo primero y muy serio me dice:

- Primero las damas.

Me lo quiero comer a mordidas. Este escuincle es adorable. Pienso en mis hijos. Doy gracias a Dios que no tuvieron que pasar por esto.

Me trepo en la balsita improvisada comprobando el ingenio de su estructura. Jonás me ayuda a subir con la mano. Observamos cómo se va la primera balsa.

Moi tiene los brazos más fuertes que un luchador. Al remar, sus tatuajes multicolores se hinchan hasta deformarse en bultos musculosos, se ve que hace esto todos los días. Comienza a remar y la balsita va haciendo su camino luchando contra la corriente. Se tarda pocos minutos en llegar a la orilla. Logra, sin problema, bajar a los tres pasajeros. Les hace indicaciones con las manos de que corran hacia las torres de alta tensión y los tres desaparecen velozmente.

Regresa a donde estamos y se sube a la segunda embarcación que lleva a las tres mujeres. Una de las mujeres va llorando apanicada, otra intenta consolarla, la abraza y le repite una y otra vez...*tápese los ojos...usté nomás tápese los ojos...*

A esta balsita le cuesta más trabajo llegar que a la anterior. Tal vez las mujeres llevan más peso o tal vez les tocó una corriente más fuerte pero a la mitad del camino parecen no avanzar ni patrás ni padelante. Se oye la voz de Moisés gritando:

- ¡Bájese una! Es mucho peso. Bájese una y agárrese de la cuerda.

Obviamente ninguna quiere echarse al agua y la mujer que llora lo hace con más fuerza aún. Moi de pronto agarra de los brazos a una de las mujeres y la avienta bruscamente al agua. La mujer pega un alarido al salir del agua y manotea como perro. No sabe nadar. Las otras dos mujeres gritan también. Moi estira el brazo y le saca la cabeza del agua como si fuera un trapo mojado.

Muy pendejo, muy pendejo pero debo admitir que tiene una fuerza descomunal el hombre.

- Ora, agárrese de la cuerda. ¡Agárrese o se la lleva el río!- grita Moi.

La mujer, todavía tosiendo atragantada, se agarra de una cuerda que está amarrada a una de las llantas y cuando recupera el aliento, vuelve al llanto, aterrada.

Moisés se vuelve a incorporar y sigue remando, esta vez, logran llegar a la orilla. Las mujeres lloran y se abrazan, luego salen corriendo hacia la derecha, con bastante más torpeza que los hombres.

- Lo bueno es que nosotros ni pesamos.- Me dice Jonás sonriendo.- si nos dice que nos bajemos, usté ni se mueva, porque yo si sé nadar.

No puedo creer la valentía de este escuincle. Quién sabe desde dónde venga, pero para haber llegado hasta aquí solito, tiene más huevos que un toro.

- ¿Y no le da miedo cruzarse el río?- le hablo de usted porque él comenzó hablándome de usted a mí, además de que para estas alturas, Jonás Jimenez se ha ganado todo mi respeto.

- ¿Miedo? ¡No, qué me va a dar miedo el río! Miedo tuve en el tren cuando entraron los asaltantes y me quitaron los zapatos. Al menos aquí se puede echar uno a correr, allá no podíamos saltar del techo del vagón.

Jonás se ríe como si hubiera contado un chiste, pero yo sé que ese tren al que se refiere es La Bestia famosa, el tren de mercancías que recorre México de sur a norte que diariamente transporta a cientos de emigrantes sudamericanos que intentan cruzar ilegalmente la frontera a Estados Unidos y que en el camino arriesgan su vida y sufren todo tipo de abusos imaginables. Este niñito tuvo suerte de que aparentemente sólo le robaron los zapatos. Al menos eso parece. No me quiero enterar de más.

Volteo a mirar sus pies descalzos. Trae sólo unos calcetines enlodados hasta media pantorrilla. Oficialmente lo admito: estoy enamorada de este niño. Me lo quiero llevar a mi casa y adoptarlo.

- ¿De dónde es usted? -pregunto.

- De Jericó, Honduras ¿Conoce?

- No.

- Está entre el mar y una laguna. Por eso le digo que yo nací ya nadando, este oleaje pa mí no es nada.

Me puedo imaginar todo lo que habrá vivido en la travesía de Honduras hasta Nuevo Laredo. No pregunto nada más.

Moisés regresa y nos mira a los dos y emite una risilla burlona. Jonás lo mira de frente sin parpadear y se cruza de brazos, lo cual hace que yo me cruce de brazos también.
Ni creas que nos asustas.

- Ya 'stamos listos, señor.- Dice Jonás. El hombre se sube a la balsa y comienza a remar. Mientras cruzamos el río, Jonás me habla con tranquilidad, como si estuviéramos dando un paseo en kayak en un parque acuático.

- Tengo un tío que vive en Dallas. Yo pallá voy.- Luego, me habla quedito acercándoseme al oído para que Moisés no oiga.- Yo que usté, no me quedaba en el hostalito ese que nos dice el señor porque usté está bonita y luego hay gente que se aprovecha. Mejor quédese conmigo.

- Yo también voy a Tejas, pero a San Antonio.- le digo.

- ¿San Antonio? No, ahí no conozco.

Me lo dice así, como si conociera todo lo demás.

-Bueno pues ¿nos quedamos juntos mejor?- pregunta Jonás.

-Sí. Nos quedamos juntos. Porque además, para llegar a Dallas tienes que pasar por San Antonio. Está San Antonio, luego Austin, luego Dallas.- le digo y Jonás asiente muy serio, con gesto de interés, como si se tratara de una reunión de trabajo.

Cuando llegamos a la orilla doy un salto hasta pisar tierra firme. Sin despedirnos de Moisés comenzamos a correr a la derecha. No hay mucho donde esconderse, el terreno es pedregoso y árido y no hay muchas plantas ni matorrales como había dicho Moi. Si hubiera habido una patrulla por ahí, ni donde esconderse.

Aunque Jonás está descalzo, corre más rápido que yo, pero siempre me va esperando.

Cuando llegamos a las torres de alta tensión ya es de noche, casi no se ve nada y la oscuridad nos hace sentir más tranquilos a pesar de que se escucha el zumbido potente de la corriente eléctrica arriba de nosotros.

- Ora sí ya'stamos del otro lado, Guadalupe.

A pesar de estar oscuro, puedo ver los dientes blancos de la sonrisota que tiene Jonás Jiménez.

- Si, Jonás. Ora sí ya'stamos del otro lado.

Se oyen coches a lo lejos.

- Mejor vamos diún vez hacia la carretera, es mejor así de noche pa' que no nos vean.- dice Jonás en voz baja.

- Sí.- le digo en voz bajita también.- Vamos.

Voy siguiendo a Jonás que tropieza algunas veces.

- Oiga, ¿No quiere que nos turnemos los zapatos que traigo?-pregunto.

- Nombre, yo no uso zapatos de niña.

Volteo a ver mis pies. Traigo puestos unos tenis morados. Me río en silencio. Se me olvida que Jonás tiene ocho años. Es fácil olvidarse de la edad de un niño migrante. Es poquito cuerpo, son poquitos años para tanto camino recorrido.

Es mejor que caminemos de noche, de día nos pueden ver más fácil. Ojalá que no haigan alacranes nomás.- dice Jonás mientras me abre el paso.

- ¿Alacranes?

- ¡Uuuuy sí! Seguro que hay un montón. Eso sí es lo único que me da miedo, porque una vez me picó uno y me dolió bastante, aunque no son ponzoñosos. Allá en Honduras hay muchos. Pero me dijo mi mamá que acá por el norte los alacranes son güeros y que esos sí que son ponzoñosos.

- A una tía mía también la picó un alacrán pero creo que no le pasó nada...- le sigo la conversación.

Así se nos pasan unas horas, mientras seguimos la carretera 35 tratando de ser invisibles. Platicamos de alacranes, arañas, avispas, víboras y acabamos hablando de mascotas. Jonás habla con nostalgia de María Elena, una cachorrita que dejó en Honduras.

- Sé que tal vez nunca la vuelvo a ver, o si algún día la vuelvo a ver, ya va a ser grande y va a estar vieja y ya ni me va a reconocer ...porque ¿sabía usté que un año para un humano son ocho años para un perro? Imagínese nomás cuántos años ya tendrá María Elena cuando regrese yo, ya va a ser viejita, ya ni me va a reconocer.

Mientras Jonás sigue hablando, mi mente da mil vueltas. Me planteo los peores escenarios.

Sé que si un menor migrante no acompañado es detenido por las autoridades estadounidenses, es llevado a una casa de niños migrantes. Tiene derecho a que se abra su caso y sólo si el niño logra convencer a un juez que su vida corre peligro en su país y que tiene algún familar que pueda hacerse cargo de él en Estados Unidos, con suerte, puede ganarse el derecho de quedarse en en el país con sus familiares, aunque al final, la mayoría son deportados.

En algún momento del recorrido sé que debo de advertirle todo eso a Jonás. Tiene que estar preparado. Jonás sigue haciéndome preguntas mientras yo intento descifrar todo este enredo en mi mente.

- ...y ¿usted sabía, Guadalupe, que hay murciégalos que sus alas miden hasta dos metros? Les dicen zorros voladores, porque tienen la cara así como de zorro.

- Oiga Jonás, ¿usted sabía que si nos agarran nos van a llevar a un centro de detención de niños migrantes de donde no puede salir uno?

- Nombre, pero no nos van a agarrar.- me dice riéndose.- Lo bueno que aquí no hay de esos murciégalos, creo que viven en otro continente.

- Bueno, pero Jonás, si nos agarran, nos van a llevar a una casa detenidos y nos van a preguntar muchas cosas y pues si nosotros les decimos que es muy peligroso que regresemos a nuestro país porque nuestra familia está amenazada de muerte, nos pueden dejar quedarnos en Estados Unidos, pero hay que darles argumentos para convencerlos. ¿Entiende?

Jonás intenta esquivar el tema, como hacen mis hijos con las tablas de multiplicar. Después de unos minutos de silencio, vuelvo a insistir.

- Usted tiene que decirles que su país es muy peligroso, que si se regresa a Honduras, lo pueden matar. Y que además, su tío en Dallas se va a hacer cargo de usted. Tiene que decirles eso. ¿Entiende? Usted tiene que pensar en algo que les va a inventar.

- Pues si yo no tengo que inventar nada, Guadalupe.

- ¿Cómo que no?

- Porque todo eso que les voy a decir, es la pura verdad.

Me quedo helada y Jonás sonríe. Sonríe porque su mundo, con todo lo terrible que pueda parecerme, es mucho más sencillo que el mío.

No digo más, y respetuosamente, sigo oyendo historias de murciélagos gigantes y otros animales exóticos que lo tienen fascinado y pienso en qué momento mis pensamientos dejaron de ser tan sencillos y se volvieron tan complejos.

Cuando finalmente encontramos la calle E. Saunders, seguimos la misma operación, siempre lejos de la calle, siempre escondidos y de pronto, nos adentramos en el centro de Laredo, con sus edificios, postes de luz y casas apeñuzcadas. Me parece increíble que hayamos logrado llegar sin mayor problema. Hay pocos locales abiertos, alguna fonda, unos bares. Al final de una de las calles vemos una gasolinera grande donde hay muchos autobuses y coches estacionados.

- Oiga Jonás, pero yo no tengo dinero para llegar hasta San Antonio, ¿usted sí?

- No pues, si no vamos a pagarle a nadie. Nomás nos tenemos que fijar bien cuál de todos éstos va pa' San Antonio y pos nos trepamos.

Trato de mantener la calma, de no pensar que mi guía tiene ocho años. Entramos a la tienda de la gasolinera.

Lo primero que hacemos los dos es ir al baño. Cada uno se mete al que le toca.

Me miro en el espejo. Sigo con los rizos alborotados pero no parezco tan sucia como hubiera pensado. Intento peinarme un poco con agua.

Cuando salgo, Jonás está parado en una banca observando un mapa gigante que hay en la pared. Con el dedo índice va haciendo un recorrido.

- Tenemos que seguir agarrando la carretera número 35, Guadalupe, porque esa nos lleva a San Antonio, luego como usté dijo, por esa misma, yo me sigo a Austin y luego a Dallas.

- Sí, exacto.
Eres más listo que el hambre, chamaco.

Pienso en las veces que yo he hecho ese recorrido de ida y vuelta en coche, oyendo música y platicando con mi esposo con toda la tranquilidad del mundo. Cuánto daría por tener mi Honda Pilot aquí conmigo, al menos para dormirme en ella, estoy exhausta.

Jonás va a al refrigerador donde están los refrescos, se para de puntitas y con esfuerzo, agarra de la hilera de hasta arriba, dos Fantas. Luego va al mostrador y saca un billete de diez dólares. El vendedor lo mira y no hace preguntas. Parece no llamarle la atención que haya entrado un niño de ocho años descalzo a las nueve de la noche, o más bien no quiere hacer preguntas. Simplemente le dice:

- Take care, mijo.

Luego Jonás me hace señales con la cabeza de que vaya con él y lo sigo a una sección de la tienda que es como una fonda donde hay varias personas comiendo y platicando. Se sienta en una de las mesas y me dice en voz baja mientras destapa los dos refrescos:

- Ora sí hay que poner atención, Guadalupe, en cuanto oigamos San Antonio o Dallas o ¿cómo se llamaba el otro lugar que queda de camino?

- Austin.

- Sí, ése. Si oímos uno de esos nombres nos trepamos al camión o al carro del que lo dijo, al fin ya sabemos que necesitamos seguir por la 35.

Dios mío. ¿Ese es su grandioso plan? ¿Treparnos infraganti a un camión?
No compadrito, tú has visto demasiado Marvel en la tele.

- Oiga Jonás, yo creo que eso es muy peligroso. Mire, ya pasando Laredo, en la milla 30, hay una segunda revisión, paran a los coches otra vez. Hay que enseñar identificación, papeles y todo eso y a los camiones les hacen inspecciones y les revisan todo lo que traen con perros que olfatean y toda la cosa.

- ¿Pos y luego? ¿Qué usté trae papeles o qué?

Le echo una mirada retadora.

- Ay 'stá, pues.- me dice dándole sorbos a su Fanta.

Miro a nuestro alrededor. De inmediato sé quienes son los camioneros, los que van solos y comen silenciosos. Los demás, son conductores de coches que van casi siempre en pareja. Se escucha inglés y español por igual. Intento seguir las conversaciones, pero siento que los ojos se me cierran.

Unos minutos después, me zarandea Jonás y me señala discretamente con los ojos a unos camioneros que están platicando en español. No sé cuántos minutos me quedé dormida sentada en la mesa.

- Mire, aquellos dos van a Oklahoma. Para ir para allá tienen que agarrar la carretera 35. Ya lo fui a checar al mapa. Órele, vamos.

Me llevo mi Fanta y camino detrás de Jonás. No sé de dónde saca tanta energía. Los hombres salen y abren la puerta de un enorme trailer.

La caja del trailer lleva cargando algún material de construcción, una especie de grava negra cubierta de una lona protectora.

De inmediato sé lo que piensa Jonás, pero imaginarme escondida entre una pila de grava y una lona me pone los pelos de punta. Jonás está muy quieto agachado detrás de otro camión, con ojos muy abiertos y sin parpadear, como un lobo cachorro, observando a su presa y viendo en qué momento corre a atacar.

Estudio detenidamente a cada uno de los coches y de los camiones. Dejan de ser simples medios de transporte y se convierten en posibilidades de escape. De pronto son como fichas en un juego de suerte; en cada coche o camión tendremos una historia distinta, en algunos será acertado subir y en otros no. Pero ¿cuál?

De pronto, reconozco un símbolo familiar en una calcomanía pegada detrás de una minivan. La espuela gris.

- Jonás, esa minivan va a San Antonio. – digo en voz baja

- ¿Cómo sabe?

- Tienen la calcomanía de los SPURS.

- ¿Y eso qué es?- me pregunta desconfiado.

- El equipo de Basketball de San Antonio, además de que tienen placas de tejanas. Es muy probable que vayan a San Antonio.

- ¿Pero pues a dónde nos trepamos? – me pregunta Jonás atento a la camioneta.

- Adentro, a la parte de hasta atrás.- le digo.

- ¿Adentro?

Jonás actúa más rápido que yo, se asoma rápidamente sin ser visto a la cajuela de la minivan.

- Traen unas maletas y un montón de ropa atrás.

- Pues ahí está. Vamos con ellos. – le digo.

Este impulso surge de acordarme de la cantidad de veces que mis hijos se han escondido en la cajuela de mi camioneta. Después de buscar desesperadamente en clósets, en el jardín, en los baños, gritando como una loca y hablándoles por teléfono a los vecinos, los encontraba hechos bolita en la parte de atrás del coche.

Una vez manejé con Manuel mi hijo escondido en la cajuela quien sabe cuánto tiempo. Me di cuenta que estaba ahí hasta que llegué al lugar a donde iba. Abrí la cajuela y pegué un brinco cuando saltó del coche.

Ciertamente, algunos seres humanos menos distraídos que yo, sí se darían cuenta que traen un niño atrás, aunque no todos. Por eso, necesito analizar con cuidado al conductor de la camioneta.

Me asomo a la tienda de la gasolinera. No hay muchos clientes. Me doy cuenta de inmediato que los pasajeros de la minivan son una pareja de viejitos que están están sirviéndose un café en la tienda cerca del mostrador.
¡Órale! Sin pensarlo.

- Jonás, si dejaron abierta una puerta, usté nomás trépese y escóndase. Ni lo piense.

La primera puerta que intentamos abrir es una de las puertas corredizas laterales. De inmediato abre. Tiene la tecnología típica de las minivans de abrirse en automático, pero con una lentitud insoportable, además de que toda la camioneta se alumbra por dentro. Nos metemos, cierro la puerta con todas mis fuerzas y todavía las luces quedan prendidas.
¡Dios Santo! ¡Apágate! ¡Apágate! ¡Apágate!

Lo digo así en mis adentros, como si de mis palabras surtiera un sortilegio tipo *Ábrete Sésamo*.

Después de una eternidad, finalmente se apagan las luces de la camioneta y Jonás y yo nos escabullimos entre el montón de ropa que llevan en la cajuela, transformando nuestros cuerpos en dos bolitas diminutas hasta que se confunden con cualquier otro pliegue de ropa.

Afortunadamente, los viejitos tardan bastante en regresar. Cuando se vuelven a prender las luces, siento las punzadas del corazón en los oídos. *Pum, pum, pum, pum.* Oímos cómo se meten a la camioneta.

- I don't know what's gotten into me, Earl. I mean, I've had enchiladas before, I guess the peppers in Mexico are hotter than the peppers they've got here.- dice la señora.

Siento un alivio inmenso de confirmar que son gringos porque segurito que a ellos no los paran en la revisión.

- ¿You've got the Pepto-Bismol?- pregunta el esposo.

Su voz parece de un viejito mucho mayor, yo le había calculado unos ochenta, pero tal vez tenga más.

- Yeah, I already took it.

Lo mismo pasa con la voz de la señora. ¿Pues cuántos años tendrán? Se oyen ancianitos. Mayor razón para estar tranquilos.

- Don't take too much of it, you'll get constipated, hon.

Luego, dejo de oír la conversación porque prenden el radio y las bocinas están muy cerca de donde estamos escondidos. De inmediato sonrío al oír la voz de Kenny Rogers con su *Coward of the County*, mientras arranca el motor, y así, nos seguimos oyendo música country todo el camino. Respiro hondo, porque intuyo que le apostamos a la ficha correcta.

De pronto me despierta Jonás. Caí profundamente dormida.

- Guadalupe, yo creo que ya llegamos a San Antonio.

Estaba soñando con gente desconocida, de facciones mulatas que hablaban muy rápido, comiéndose las eses y las jotas. Recuerdo un puerto donde había barcos muy grandes. ¿Serán imágenes que están registradas en el cerebro de la niñita? Ve tú a saber. Me doy cuenta que estamos estacionados. Jonás sale de su escondite y eso me pone nerviosa.

- No se preocupe; los señores se volvieron a bajar. Yo creo que alguno está enfermo porque se han parado como seis veces.

- Sí, la señora tiene diarrea. Oiga Jonás, pero ¿y la segunda revisión?

- Pos ya la pasamos, usté dormidota.- Me dice riéndose.

- ¿Ya la pasamos?

- Ni les dijeron nada, pasó el coche como si nada.

Gracias a Dios. Me asomo con cuidado para ver dónde estamos. Estamos estacionados en un Walgreens.

Veo muy cerca la torre de las Américas, el Tower of Life Building y otros edificios que juntos forman la silueta inconfundible del centro de San Antonio. Nunca antes me había parecido tan esplendoroso este horizonte como hoy. Estamos en la 35 a la altura del centro.

- Bájese Jonás. Ya llegamos.

A la hora de abrir la puerta, comienza a sonar una alarma y doy un salto del susto. Aunque sigue chillando escandalosamente la alarma, cierro la puerta corrediza de nuevo y salimos hechos la raya pero nos topamos de frente con el viejito que sale de Walgreens con cara de consternación.

El hombre intenta apagar la alarma de la camioneta, picándole una y otra vez al control remoto del coche. Después de unos segundos logra callar el chillido y todo se vuelve silencio.

- ¿Are you two kids lost?

Reconozco la voz de la señora detrás de nosotros. ¿Nos habrá visto salir del coche?
Siento cómo se me baja la sangre a toda velocidad de los cachetes. De nuevo el *Pum, pum, pum* a todo volumen en mis oídos. Este corazón hace un escándalo de tambor. No nos dio tiempo de correr y esquivarlos. Miro a la señora muy seriamente.

- Honey, ¿where are your shoes?

Se me había olvidado que Jonás sigue descalzo. La señora y él se miran. Los ojos negros de Jonás están abiertos a su máxima capacidad, delatan un terror crudo, irreconocible, en esa carita tan alegre. Intento calmarme y digo el mejor acento de inglés que puedo.

- My mom's gonna pick us up any minute now. My brother's always losing his shoes...- luego le cierro un ojo a la señora y le digo.- Attention deficit, you know.

La viejita sonríe con ternura y asiente la cabeza con mirada comprensiva, como diciendo, ah...sí, ya sé de qué hablas.

- Gotcha. – me dice.

Luego, otro minuto de silencio incómodo. Señora, es usted una santa, pero por favor ya váyase. Pero no se va.

- Do you need to call your mother?

- No, thank you ma'am. She's aldready on her way.- le contesto sonriendo.

Luego tomo a Jonás de la mano y lo llevo a una banquita que hay afuera de la tienda. Jonás me sigue dócilmente y nos sentamos como si estuviéramos esperando a alguien.

Vemos como los viejitos se suben a la camioneta pero nos siguen observando. La minivan avanza un poco, pero antes de que podamos respirar tranquilos se echan en reversa y se nos acercan de nuevo. Jonás da un salto por instinto, listo para pegar la carrera.

- Corra Guadalupe, ¡vámonos!

- No. Espérese Jonás. Usté sentadito no se mueva y sonría. – le digo.

Jonás me obedece y trata de sonreír aunque se le ve a leguas que sigue aterrorizado.

El viejito se baja del coche con una bolsa de plástico en la mano. Nos mira por unos segundos y luego, saca de la bolsa unos Doritos.

- Do you want some chips, kids?

Asiento aliviada y tomo la bolsa.

- Thank you, sir.

- Take care now.- nos dice, luego se vuelve a meter a la camioneta y siguen su camino por la 35 hacia el norte de San Antonio.

Jonás y yo permanecemos en silencio unos segundos, tenemos demasiada adrenalina como para hablar. Jonás parece recuperarse mucho antes que yo y su expresión vuelve a adoptar la sonrisa que tanto me gusta.

- ¿Oiga Guadalupe y usté donde aprendió a hablar inglés? – me pregunta Jonás azorado.

- En la escuela Jonás... y de Dora la Exploradora y eso. Dentro de poco lo va a hablar usté también, ya verá.- le digo.

- ¿Usté cree?
Ay mijo, tú vas a aprender en dos patadas.

- Estoy segura.

Jonás sonríe.

- Jonás, mire, tengo que ir a un lugar a dejar un sobre. ¿Me quiere acompañar?

- No Guadalupe, yo mejor ya le sigo pa' Dallas.

No pregunto más. No sé cómo piensa llegar a Dallas, que está a todavía a unas cinco horas pero, sé que Jonás Jiménez no va a tener ni medio problema para llegar a su destino.

Me quito los tenis ya grises por la tanta tierra y se los doy a Jonás.

- Mire Jonás, mis zapatos ya están tan cochinos que ya no parecen de niña.

Jonás sonríe y luego los analiza con cuidado.

- ¿Pero usté ya no se los va a poner?

- A las niñas no nos gusta andar con zapatos así de cochinos.- le digo y Jonás me sonríe de nuevo.

- Sí están cochinos, pero siguen siendo de niña. – me dice Jonás y yo dejo de insistir.

Se queda sentadito en la banca muy atento a los camiones y coches que están estacionados. Después de volverme a poner los zapatos, le doy la bolsa de Doritos, me quito el escapulario que me dio la quesadillera del mercado y se lo doy en la mano. Jonás lo mira y asiente con la cabeza.

- Adiós Jonás.

- Adiós Guadalupe.

Nos volvemos a dar la mano muy formalmente como cuando nos conocimos a la orilla del Río Bravo y sin mayor despedida me doy al vuelta y me alejo del Walgreens.

Sin duda, en mi vida real hubiera llorado, lo hubiera abrazado mucho tiempo, pero la despedida fue sencilla. Tal vez sea esta vida de fantasma que me hace sentir de manera distinta las cosas. Tal vez siento exactamente lo mismo y tan sólo mimetizo el espíritu ligero de Jonás Jiménez.

FAIRMOUNT HOTEL
(401 SOUTH ALAMO st.
SAN ANTONIO, Tx)

No tardo mucho en llegar al centro la ciudad. Tomo la avenida César Chávez para luego tomar South Alamo a la derecha.

No me llama la atención que Obdulia eligiera el Fairmount Hotel para dejarme el sobre. Es un hotel muy antiguo, seguro que habrá un sinfín de fantasmas hospedados ahí. Tal vez Pete Douglas la trajo a pasar un rato romántico antes de que se fuera a sus miles de consignas por el mundo... pero, ¿qué? ¿podrán los fantasmas seguirse acostando? Lástima que ya no está Macario para preguntarle, aunque intuyo que si no puede uno comer, tampoco puede uno coger.

No es la primera vez que entro a este hermoso monumento histórico. Sé que a mediados de los ochentas ganó el Récord Guinness por ser el edificio más grande del mundo que fue transportado de un lugar a otro. Increíblemente, lograron meterle rodillos debajo de los cimientos y lo movieron, con todo y sus tres pisos, cinco cuadras para salvarlo de ser demolido. Se puede ver el documental en You Tube, es impactante.

Entro al edificio contenta de pensar que ya todo esto está a punto de terminar. Espero que por ser niña, no tenga problema con aquello del reclamo del sobre.

No hay casi nadie en el lobby. Me aproximo a la recepción. Hay un hombre vestido con saco y corbata que sonríe muy amable a unos huéspedes que piden unas direcciones a algún lado. Luego me voltea a ver a mí.

- Hello sir. I'm here to pick up an envelope that a gentlemen left on behalf of Mrs. Obdulia Martínez.

El hombre me mira con desconfianza y se ríe.

- How old are you, kiddo?

¡Ahhh! Aquí vamos de nuevo....prometo tomar más en serio a los niños de ahora en adelante.

- Nine.

Luego nos metemos en una discusión odiosa de que si debo traer a un adulto conmigo porque un mayor de edad TIENE que firmar de recibido. No hay manera de que el hombre me dé el maldito sobre. Es más cuadriculado que un cubo.

Le digo que voy a marcarle a mi mamá; que ella fue la que me mandó.

No es ni para ofrecerme el teléfono del hotel, aunque me alegra que no lo haya hecho porque tendría que haber fingido marcar a un número que no existe.

Me aparto de la recepción y comienzo a dar vueltas lentamente. No se me ocurre nada.

- Diles que eres la nieta de Henry Cisneros, a él todo el mundo se le cuadra.

Volteo para ver de dónde salió la voz grave. Hay un hombre moreno de unos cincuenta años sentado en un sillón observándome con el ceño fruncido, su mirada es penetrante y hace que me quede estática. Por su vestimenta de principios de siglo sé que está muerto. Tiene un bigote espeso que le cuelga a donde termina el labio y comienzan los cachetes estilo Emiliano Zapata. Lleva un traje elegante, con un saco largo y un portafolio de cuero. Es alto y corpulento. Por lo visto, me lleva observando un rato.

- Aunque le diga eso, no creo que me haga caso.- le digo.

Mi voz se oye bajita, como de niña regañada.

- Diles que eres la nieta de Henry Cisneros.- repite muy tajante.- Que necesitas llevar ese sobre antes del desfile de Thanksgiving, que es su discurso.

Asiento con la cabeza. ¿Quién es este hombre que habla así, como si fuera el dueño del mundo?

Me vuelvo a aproximar al recepcionista. Como ni me voltea a ver, toco la campanilla dos veces.

- Soy la nieta de Henry Cisneros.- digo muy seria. Lo que está dentro del sobre es un discurso que mi abuelo va a dar en el desfile de Thanksgiving. Lo necesita ahorita.

De inmediato capto su atención. Noto que se pone un poco nervioso y mira a los lados como buscando a algún compañero que le de su opinión.

- Bueno, en ese caso, firme aquí de recibido por favor.

El idiota ni siquiera me pidió la contraseña 1,2,3,4. Apunto en un papel lo más legible que se pueda el nombre de Guadalupe y luego le pongo de apellido Cisneros y me pongo más seria aún para que no se me escape la risa. Me da el sobre. Lo doblo y me lo guardo en la bolsa del pantalón de mezclilla.

- Thank you, sir.

Trato de salir rápido antes de que se arrepienta porque este tipo de pendejos, que se apantallan con los nombres y apellidos, son los que titubean en sus decisiones.

Antes de irme del Fairmount, me acerco al hombre sentado en el sillón. Lo veo de cara muy conocida pero no sé de dónde. Quiero preguntarle su nombre y como leyéndome el pensamiento me dice:

- Soy Aureliano Urrutia.

Sonrío porque sé perfectamente quién es. Aureliano Urrutia era un brillante médico mexicano originario de Xochimilco que llegó a ser el médico particular de Porfirio Díaz a principios del siglo XX. Llegó a San Antonio por ahí de 1915 huyendo de México porque se había metido en problemas legales serios. Era compadre de Victoriano Huerta y según cuentan, fue él quien le cortó la lengua a Belisario Dominguez después de su famoso discurso en contra de Huerta.

El doctor Urrutia separó con éxito a unos gemelos siameses a principios de 1917, un acontecimiento espectacular para la época. Murió en San Antonio, a los 103 años de edad. Me pregunto porqué ahora aparece joven y no a la edad que murió como en el caso de Obdulia. Esto de los muertos es un mundo que no he acabado de entender aún.

Es un honor conocer en persona a este hombre. Hace dos años, investigué obsesivamente a este personaje que me cautivó desde que conocí su vida. Quise escribir una novela sobre él, incluso rastreé a dos de sus nietos que aún viven y tuve algunas entrevistas con ellos.

Quiero quedarme platicando con él. Tengo muchas dudas. ¿Es cierto que usted le cortó la lengua a Belisario Dominguez o son puros cuentos? Si es cierto, ¿al menos lo hizo con anestesia? ¿Por qué fue usted tan cabrón con sus esposas? ¿Tenía algo en contra de las mujeres? ¿Es cierto que en realidad tuvo más de treinta hijos? ¿Cómo era Porfirio Díaz? ¿Cómo era ese México de 1900?

- Es un placer, doctor.- Es lo único que le digo.

Aureliano Urrutia me mira con ojos desafiantes. Así me lo imaginaba, con ojos dignos de un perfecto villano pero un genio a la vez.

- ¿Esta novela sí la vas a terminar o te vas a quedar a medias como con la mía?. - me pregunta con seriedad.

Me quedo petrificada. Siento la sangre subirme los cachetes. ¿Cómo sabe? Tal vez, fue tal mi obsesión con él hace dos años, que atraje a su fantasma como un imán. Siento un latigazo de humillación.

- ¿Por qué no la terminaste?, mi novela.- me pregunta de pronto.

Después de unos segundos de silencio, me animo a contestar con la verdad.

- Porque no la estaba escribiendo con mi voz real. Traté de hacerla interesante llenándola de miles de datos históricos, pero no soy historiadora. No tengo tantos conocimientos. El escrito de su vida, doctor Urrutia, requiere mucha investigación, mucha seriedad. Yo no puedo escribir con tanta seriedad.- digo sintiéndome avergonzada.

Me mira de nuevo. Su ceño fruncido me intimida al punto que se me corta la respiración de nuevo.

- Pero esta novela sí la voy a terminar.- Digo levantando la cara con toda la dignidad que me permite el cuerpo de una niña de nueve años.- Porque lo que digo aquí no lo saqué de ningún libro de historia.

Urrutia asiente una vez con la cabeza, con los ojos a media asta, como diciendo: "Bien, entonces lo acepto".

Le sonrío por última vez y le tiendo la mano. El me da la mano también pero no la puedo tocar, traspaso su mano con la mía como si fuera un espejismo. Tal vez lo sea.

A la hora de dar media vuelta para salir, siento su mirada clavada en mi espalda y la siento tan real que comienzo a caminar más rápido, queriendo salir de ahí. Esta vez me dirijo a la parada del camión. Siento las piernas cansadas.

No sé si sea este cuerpo de niña pero salgo del Fairmount Hotel sintiéndome tan ligera que parece que el viento me podría llevar a cualquier lado.

SUNSET FUNERAL HOME

Ya es tarde cuando llego a la funeraria. No sé exactamente la hora, pero es de noche.

Me encuentro con la señorita bilingüe como siempre en la entrada. Dios mío, ¿hasta qué hora trabaja esta pobre mujer? Eso de ser limbante es una tortura. La saludo y paso a la sala donde están velando el cuerpo de Obdulia.

Ya no está el cuerpo y ya se fueron todos. Sólo hay un señor aspirando la sala y sacando la basura. Segurito es otro limbante.

- ¿Hace cuanto tiempo se llevaron el cuerpo de la señora?- pregunto.

- Apenas se lo acaban de llevar.

¡Híjole! ¿Dónde me dijo Obdulia que estaba su casa? Calle Zarzamora... ¿qué número? Estoy segura que estaba apuntado en algún lado.

- Apenitas se fueron por la puerta de atrás. Igual todavía los alcanza.

- Gracias.

Ya me sé el camino. Esa puerta fue por donde salí cuando paseé a Macario con la correa en la mañana. Efectivamente, hay una camioneta que se está llevando el cuerpo de Obdulia y...¡sí!, por suerte veo a María subiéndose a otro coche también. Enciende el motor y las luces. Me pongo enfrente del coche para que no pueda avanzar y levanto las manos para que me vea. Las precauciones para sobrevivir disminuyen cuando uno se sabe ya muerto o en otro cuerpo. Me toca el claxon y baja el vidrio.

- Hey! What is wrong with you kid?- me pregunta en un grito de furia.

Me acerco a ella y le entrego el sobre.

- ¿Y esto? What is this?

Podría divertirme un rato y decirle que se lo manda su mamá del más allá y abrir mucho los ojos y poner cara como de loquita, pero ahora sí ya no tengo tiempo ni para una broma. Pero tampoco se me ocurre alguna explicación coherente. Me siento cansada, ya no puedo pensar bien. El día ha sido eterno. Lo único que se me ocurre decir es:

- No sé. Este sobre decía su nombre. Usted es María ¿no?

Le hablo en español. María asiente. Puedo ver en sus ojos que ella también está cansada.

- Tiene que abrir el sobre hoy.- le digo con temor a que se traspapele en su bolsa.

- ¿Quién eres?

- Guadalupe.

Por suerte no me pregunta más. Toma el sobre y lo arroja en el asiento de copiloto. Me mira y emite una ligera sonrisa.

- You want a lift, mija?

Algo en ella me recuerda mucho a Obdulia, no se parece físicamente, pero hay alguna expresión que hace con la boca, con las cejas donde no niega la cruz de su parroquia. Digo que no con la cabeza y corro a la funeraria antes de que me quiera interrogar más. En propia mano, como me lo pediste, Obdulia. ¡Pinche encargo latoso! Pero ahí está, pa' que no digas.

No voy a volver a ver a Obdulia, está por el mundo cumpliendo sus consignas, purgando todos los pecados, ayudando gente, pero me imagino su carita de murciélago sonriéndome.

No sé si es porque yo me la quiero imaginar, porque quiero su aprobación porque ya cumplí su consigna o tal vez porque sí de verdad me está sonriendo desde alguna otra dimensión, pero me siento satisfecha por haberle cumplido.

Ahora sí ya por fin puedo entregar el cuerpo de esta niñita en una casa de cambio, y con eso ya me regreso por fin a cocinar la cena de Thanksgiving y ¡sanseacabó!

CENTRO DE TRANSMUTACION
(SUCURSAL 134
SAN ANTONIO, Tx)

A todo este cuento, comienza a rondarme la pregunta obligada que había estado evadiendo al escribir los capítulos anteriores sentada cómodamente en cualquier café, en la natación mientas esperaba a mis hijos, en el coche mientras hacía la cola de la escuela, en mi casa, y en cualquier lado donde hubiera una pluma y un papel. ¿Cómo fue que yo me morí? Con todo el sadismo de escritor me divertí matando a algunos de mis personajes pero ahora me toca a mí, si no, estaría faltando a la lógica del cuento.

Resulta que cuando llego a la casa de cambio de San Antonio, sucursal 134 que por cierto, estaba no muy lejos de Sunset Funeral Home, me toca una señora limbante de lo más amable atendiendo en la ventanilla.

- ¿La puedo ayudar en algo señorita?- me pregunta muy cordial.

¿Cómo sabrá que hablo en español? Si lleva tantos años de limbante trabajando aquí seguro ya domina quién habla español y quién no.

Me sorprende que la señora tenga tan buena actitud. El viejito de Nuevo Laredo le hizo mala fama a los limbantes en mi cabeza, aunque la señorita bilingüe de la entrada también era buena gente, en fin, hay de todo, como en todos lados.

- Vengo a regresar este cuerpo.- digo devolviéndole la sonrisa. – Mi consigna ya está aprobada. Tengo sellada la frente nomás que es de esas tintas invisibles que sólo se ven con una luz neón.

La señora sale de la caseta con una linternita que alumbra luz morada. Yo despejo los chinos de la frente de la niñita para que pueda ver el sello mejor, no vaya ser que se me haya borrado en la travesía.

- Muy bien. Queda usted liberada. Nomás déjeme meter los datos en el sistema y listo.

Siento un alivio parecido al haber aprobado algún examen terrible de esos de cálculo o de anatomía en preparatoria.

- Señorita, usted no sólo terminó su consigna sino que ayudó a un ajeno a terminar otra, ¿correcto?

- Sí, así es.- digo orgullosísima pensando en Obdulia y su sonrisita de murciélago.

- Pues corre con suerte señorita, porque durante este mes de Acción de Gracias, si usted ha realizado cualquier obra para alguien más, se le premia con Entrega Plácida y un pase para la Función de Mañana.

No tengo idea qué signifique eso de Entrega Plácida ni si mañana pueda o quiera ir al cine, pero si es premio, acepto ambas cosas.

- Muchas gracias.- le digo.

- Pase al fondo del pasillo por favor.

La mujer me indica con la mano una puerta al final del pasillo que dice:

KEEP OUT
Authorized Personnel
Only

A ver con qué me encuentro ahora. Abro la puerta con mucha dificultad, es bastante pesada. Comienzo a inquietarme. Al menos en los baños de hombre y de mujer ya sé cómo está la jugada pero esto de *Keep Out* es nuevo.

Al abrir la puerta, mi nariz detecta un olor que me hace levantar la cara y respirar profundo. Huele intensamente a eucalipto y a cítricos. El cuarto está oscuro y hay música instrumental New Age con sonidos de agua gorgoreando y pajaritos trinando. En el centro del cuarto hay una camilla con un hoyo en la parte superior.

Una mujer con un vestido de manta blanco que cuelga hasta el piso aparece de algún lado y me dice suavemente:

- Por favor póngase cómoda. Quítese la ropa. Antes de pasar a la camilla haga el favor de meterse a la tina.

¿Cómo? ¿Me irán a dar un masaje? ¿El cuarto misterioso de *Keep Out* es un spa? Siento ganas de llorar de la emoción, ¡esto es maravilloso!

Con toda la obediencia, me meto detrás de un pequeño biombo y me quito la ropa, aunque está enlodada y cochina la doblo con cuidado por el puro gusto de estar en un spa. Atrás de mí, hay una tina con espuma olorosa que se arremolina en el centro formando un círculo colorido de pétalos.

Meto la punta del pie en la orilla de la tina. El agua está casi ardiendo. Me recorre un escalofrío placentero cuando mis sentidos anticipan la sensación de sumergir el cuerpo entero.

La tina es amplia y tiene unas escaleritas para bajar. Cada escalón que bajo es un apapacho para la piel.

Cuando estoy en el centro de la tina, dejo que mi cuerpo se acostumbre a la alta temperatura y luego me sumerjo por completo y pienso que no hay en el mundo sensación más maravillosa.

Mi cuerpo es tan pequeñito que me pongo a flotar con los brazos extendidos y los ojos cerrados. Me imagino flotando en algún manantial de aguas termales.

Después de unos minutos, siento la cabeza ligera. Puedo oler mi cuerpecito destilando vapores de mandarina y sándalo. Estoy más limpia y perfumada que nunca. Me salgo desnuda de la tina, me subo a la camilla y me acuesto boca abajo. Estoy lista para mi masaje.

No puedo ver nada pero oigo que la señorita se acerca. No siento ni la vergüenza ni la incomodidad que sentiría una niña de nueve años.

Con todo cuidado, me cubre el cuerpo con una tela. Probablemente es una sábana pero es tan suave que mi piel la podría confundir con un velo de novia.

Siento una especie de rodillo que me aplana todo el cuerpo, comenzando en pantorrillas y deteniéndose en la nuca como si yo fuera una enorme masa de galletas.

Mis músculos agradecen la presión y quedan relajados y lisos, se van derritiendo poco a poco al rodar del cilindro. Así que esto es la Entrega Plácida de Cuerpo ¡Qué premio tan acertado!

Ya decía yo que TODO ser humano que viene a este mundo, sea quien sea, tiene derecho y casi la obligación de experimentar al menos una vez en la vida experiencias como emborracharse, andar en bicicleta, probar la nieve, nadar en el mar, enamorarse, comer chocolate, desde luego darse un masaje... podría seguir con la lista pero este estado de nirvana no me permite pensar bien.

- Listo. Queda usted liberada.
¿Cómo que quedo liberada? ¿O sea que ya acabó? ¡No! por favor continúa. Si apenas vamos empezando.

No me muevo, con la esperanza de que si permanezco quieta y en esta misma posición boca abajo, la mujer siga con su servicio, pero la dejo de oír, parece que ya salió del cuarto.

Después de unos minutos de quietud, me doy por vencida y abro los ojos. Con toda la pereza del universo, me trato de incorporar poco a poco.

Siento el peso de un cuerpo adulto de nuevo. Me miro las manos y reconozco mis dedos, el dedo de enmedio con su enorme callo de escribir bien contorneado, las cutículas un poco mordidas. Tengo mi cuerpo de nuevo y estoy completamente vestida con la misma ropa que traía en la mañana. El cuerpecito de la niña ya no está.

Salgo del lugar todavía medio atareada, con los ojos a media asta. Me despido de la señora de la ventanilla de la casa de cambio.

- Muchas gracias. Es usted muy amable.

- Con gusto... oiga, no se le olvide su boleto para la Función de Mañana.

La mujer me entrega un boleto con la siguiente información:

"Love After All"
11:17 pm.
224 E. Houston St.

MAJESTIC THEATER

La hora de la función marca las once de la noche con diecisiete minutos. Qué cosa más extraña. 224 E. Houston St. Me suena mucho esa dirección. Está en el centro, pero estoy segura que no hay cines en la calle Houston.

Miro el reloj. Faltan unos veinte minutos para la función. No estoy lejos de la dirección. Me aproximo a la calle de Broadway donde pasan a cada rato los camiones que van al centro. En menos de ocho minutos ya estoy en la calle de Houston.

Mientras me voy acercando al número, pienso en todo lo que ha pasado desde la mañana. De pronto me freno en seco. Enfrente de mí está el Majestic Theater, uno de los teatros más viejos y hermosos de San Antonio, construido a finales de los años veintes, es uno de los monumentos históricos más importantes de la ciudad.

He venido aquí varias veces para ver todo tipo de espectáculos. Pero esto no puede ser, el Majestic es un teatro, no un cine. Además, a esta hora segurito ya está cerrado.

Nomás por no dejar, me aproximo a la entrada, efectivamente no se ven luces encendidas. De pronto se abre una puerta pequeña de un lado. Una señora mayor con un uniforme color vino y una boina del mismo color ladeada en la cabeza, se asoma y me dice:

- Are you here to watch a movie?

- Yes, ma'am.

Me indica con la mano que me acerque, que la entrada es por ahí. La obedezco y la sigo.

- Ticket, please.

Le doy el boleto y me lo perfora con una aparato metálico. Hacía un buen rato que no veía este sistema. Me hace señales de que entre al teatro. En el lobby de la entrada la iluminación es muy tenue pero aún se aprecian los garigoles y murales coloridos, con esa mezcla muy propia del Majestic donde los arquitectos quisieron amontonar el Renacimiento, el Barroco, Grecia, Roma y México logrando una locura muy particular.

Hay gente dentro del lobby de la entrada, para estas alturas ya puedo distinguir que todos los presentes están muertos. Huele mucho a palomitas, pero por más que busco, no veo ninguna máquina de palomitas cerca. Oigo de pronto una voz ronca en inglés.

- Sólo ponen el olor a palomitas para recordar cómo era venir al cine, pero no podemos comerlas.

Volteo para encontrarme con un señor canoso de mirada amable que me está dando la información con seriedad.

- ¿Pero por qué la tortura?- le pregunto.

- Somos limbantes. Este es el tipo de pequeñas mortificaciones con las que tenemos que sufrir mientras somos limbantes; oler palomitas y no poder comerlas, nunca tener sueño aunque intentemos dormir, tener los trabajos más tediosos, en fin, son innumerables.

- Qué horror.

- Más horrores hicimos en vida.

Con esta respuesta quedo muda y de pronto dejo de ver la amabilidad en sus ojos y le veo cara de asesino en serie y con esto, doy por terminada nuestra conversación. Mi boleto dice que pase a la sala 745. ¿Pues cuántas salas hay en este lugar?

Tengo que tomar un elevador que nunca había visto. Hasta arriba de la puerta del elevador hay un letrero en letras doradas que dice en inglés y en español:

Función de Mañana
Tomorrow's Show

Así me doy cuenta que eso de "Función de Mañana" no es que fuera la función del día siguiente, sino es un nombre, así se llama este cine. Con razón estaba escrito con mayúsculas. Me meto al pequeño elevador y oprimo el botón número 7. No entiendo en qué parte del edificio estoy. Según mi memoria, casi todo el edificio es la inmensa sala de teatro del Majestic, pero por lo visto tiene mil recovecos más. Siento un poco de vacío en el estómago y me doy cuenta que en lugar de subir, bajo los siete pisos. Por lo visto, hay toda una construcción subterránea abajo del Majestic. Esto me recuerda a la obra del Fantasma de la Ópera, donde supuestamente vivía el fantasma en las catacumbas ocultas debajo de la Ópera de París. Pero aquí en lugar de catacumbas, hay cines. Esto es emocionante. El elevador se frena ruidosamente. Mi esposo estaría muerto de miedo. Tiene fobia a los elevadores y a los espacios encerrados.

El elevador se abre y quedo delante de dos largos pasillos oscuros donde no se ve el final de ninguno. En la pared de enfrente de mí hay un letrero igual de barroco que toda la decoración que indica con flechas garigoleadas la dirección de las salas.

700-750 ->
<- 751-800

293

Para la sala 745 debo de darle a la derecha. Camino varios minutos. El pasillo oscuro parece interminable. A los lados, se pueden ver las salas como si fueran cuartos de hotel sin puertas, pero en lugar de camas hay una pantalla y butacas. En cada sala hay una película rodando. Hay algunas salas que están apagadas y no hay nadie. En otras salas en cambio, las butacas están llenas. De las salas se oyen de repente risas o aplausos, en algunas se oye música de suspenso y en otras, puedo oír hasta algún grito y música de terror. ¡Qué diversidad de películas! Me pregunto qué tipo de película me tocará ver a mí.

El título dice *"Love After All"*, amor después de todo. No se oye de miedo. Me alegro. Odio las películas de terror. Cualquier otro género me gusta. Aunque espero que no sea una jalada estúpida de pubertos tipo American Pie. Esas no las soporto.

Entro a mi sala por fin. Hay algunas personas ya sentadas. Me siento en un lugar del centro y espero unos minutos a que empiece. Las personas me sonríen y me hacen señales de "thumbs up" con ambos pulgares hacia arriba. Yo les sonrío de regreso. Qué amable es todo el mundo. Es una lástima que no pueda estar con una bolsa de palomitas en este momento.

Se apagan las luces por completo y comienza la película. La primera escena abre con una Honda Pilot gris en una carretera. ¡Es idéntica a la mía! Luego hay una toma de la camioneta por dentro. Comienzo a sentir el pulso agitado cuando reconozco mi bolsa en el asiento del copiloto. En donde se posan los vasos, hay pañales y vasitos de bebé. Reconozco mis manos sobre el volante. La suave voz de Ana Torroja cantando *"Un Año Más"* es lo único que se oye de fondo. Una de las canciones favoritas de mi repertorio. Miro el espejo retrovisor. Vengo sola. No vienen mis hijos.

De pronto un sonido que oigo mil veces al día. El timbrito de los chats de WhatsApp. Suena tres veces. Alguno de mis chats está muy activo. Mi mano derecha suelta el volante y toma el iPhone. Pico el ícono verde del WhatsApp. Es el chat de mis amigas de prepa. Están comentando alguna anécdota chistosa, parece que se vieron anoche para cenar. Veo que mis dedos se van al ícono de las emociones. Por lo visto quiero comentar el chiste que mandaron.

¿Pero qué estás haciendo? ¡Agarra el volante con las dos manos! Estoy a punto de subir al puente de la 1604 para agarrar la 281 hacia el sur. Un terror se apodera de mí. Esta es mi película. Así fue mi muerte.

A varios metros de distancia, enfrente de mí, hay un coche que da un volantazo de pronto.

Parece que se le ponchó una llanta. Yo debería de haber frenado en ese momento, pero la cámara está enfocada más al teléfono que a la carretera.

El coche de enfrente de mí se orilla con rapidez y de pronto, cambia la música y se oye de fondo el estruendo impactante del comienzo de *"O Fortuna"* de Carl Orff. Reconozco la pieza inconfundible de Carmina Burana pero no está en mi repertorio; ya fue un pinche efecto tenebroso que le metieron.

Se oye mi voz dando un grito y como todo está en cámara lenta suena más como un rugido de oso que como un grito de persona. Luego todo continúa en cámara lenta... mi mano derecha avienta el celular y sale volando. Mis dos manos dan un volantazo con fuerza intentando esquivar el coche de enfrente, pero evidentemente ya es demasiado tarde. El impacto con el coche y el volantazo hace que mi camioneta gire 180 grados y despedace la valla protectora del puente.

Lo siguiente que veo es la toma del coche cayendo por el puente. El coche va bajando lentamente, con las voces terribles del coro de Carmina Burana y tarda varios segundos en hacer impacto con el piso. Puedo sentir cada fracción de segundo el horror de estar cayendo en un precipicio, tan insignificante como una piedrita que alguien aventara a la noria del rancho de mi esposo que parece nunca llegar al final.

¿Pero qué tortura es esta? ¿A qué enfermo se le ocurrió esto del la Función de Mañana? No puedo seguir viendo. Me tapo los ojos con las manos tan fuerte que siento las órbitas oprimidas en la cavidad. Qué manera tan estúpida de morir, texteando en el coche, ¡por el amor de Dios!

Toda una vida, tan compleja, tan rica en historias, en personajes. ¿Así de estúpido fue el final? Yo que tantas veces imaginé mi muerte llena de significado, rodeada de mis seres queridos, habiendo aportado al mundo de mil maneras. ¡Qué decepción tan grande! Pinche creador del WhatsApp, hijo de su madre.

Termina la música de *"O Fortuna"* y cuando abro los ojos sólo hay un letrero en la pantalla con el número:

2022

De pronto comienza una melodía con cuerdas de guitarra mucho más alegre. Reconozco de inmediato la canción de *"Here Comes The Sun"* de los Beatles.

Aparece mi esposo en la pantalla, está un poco más pelón pero sigue igual de guapo con sus inmensos ojos color cajeta derretidos. Las patas de gallo se le han corrido un poco más y esto le da un aire más interesante todavía. Si es el 2022 han pasado ocho años. Está preparando un café en una casa grande y muy moderna. Esto quiere decir que prosperó de maravilla en sus negocios. ¡Qué alegría! Sabía que iba a ser exitoso. Puedo ver al fondo un desayunador con dos personas, poco a poco se va acercando la cámara a ellos.

Al primero que la cámara enfoca es a Manuel, mi hijo mayor que es ya todo un hombre. Tendrá unos dieciocho años. Está leyendo un libro que se titula *The Official SAT study Guide*. ¡Dios mío! ¡Pero si ya debe de estar a punto de entrar a College! Siento los ojos húmedos. Creció a ser un hombre guapo, siguió manteniendo las facciones finas, pero su nariz y su quijada tomaron rasgos de hombre. Siento como las lágrimas calientes comienzan a rodarme por los cachetes.

Andrés entra de pronto por una puerta de cristal. Mi güero ya es todo un hombre también. Su cuerpo es de un adolescente fuerte y tiene la espalda ancha, manos gigantes. Tiene el uniforme de algún equipo. Viene agitado y sudado pero muy sonriente. No puedo creer lo grande que está.

- I'm going to take a shower.

No reconozco su voz. ¡En lo último que me quedé es que se le estaban cayendo los dientes! También sentada en la mesa, hay una niña de unos nueve años, tiene el pelo muy negro y los ojos igual de negros y brillantes. ¡Isabel mi bebé! ¡Pero qué preciosa creciste! Su cuerpo es largo y delgado y trae puesto unos jeans y una camisa colorida de flores. Ya no tiene carita de bebé, sus facciones se han afilado, pero conserva esos labios rellenos y las pestañas de su papá gigantes. Pero, ¿cómo es posible que me haya perdido de todo esto?

- Hurry up, we're taking Tommy to the park.

- I know.- Dice Andrés mientras le da un coscorrón a Manuel en la cabeza. Por lo visto esos dos nunca dejarán de molestarse.

¿Por qué ahora todos hablan en inglés?, ¿Cuándo dejaron de hablar en español?, ¿Y quién es Tommy?

De debajo de la mesa sale gateando un pequeño niño de unos dos años. Tiene la cabeza dorada. Cuando levanta la carita siento una punzada en la boca del estómago. Es idéntico a mi marido pero güero y de ojos azules. Está muy sonriente y tiene toda la boca roja chorreada de una paleta que está chupando. Se incorpora tambaleante y sale corriendo a abrazar a mi marido, éste lo carga y lo llena de besos, como hace todos los días con sus hijos.

- That smells good.- dice Juan Manuel sonriente.- Let's see what mommy's cooking.-

dice Juan Manuel muy sonriente con su inglés no perfecto.

La cámara gira para enfocar a una mujer que está cocinando algo. Siento la sangre hirviéndome en las venas. ¿Quien es esta zorra? Por el pelo güero y ojos azules me imagino que es americana. Me cuesta decirlo pero honestamente es guapa y joven. Le sonríe a Juan Manuel y le dice:

- Tortilla soup.

¿Sopa de tortilla? ¿cómo se atreve? La sopa de tortilla ha sido su favorita desde todos los tiempos. ¡Pero la que le hago yo! Siento que me voy a desmayar cuando mi esposo abraza a la güera y le sonríe. ¡Que alguien quite de inmediato esta musiquilla alegre que no viene al caso! Esto es una película de terror.

Luego, la cámara rodea la casa. Realmente es hermosa. Tiene los toques que él siempre le pone a las casas que construye. Es amplia y con muchas ventanas y se siente un ambiente espacioso y armónico.

En el mueble de la entrada hay varias fotos en marcos muy modernos. En uno de ellos está mi foto, una foto que me tomé en un viaje, a mí nunca me gustó pero sé que a mi marido le gustaba mucho.

Hay también fotos de mis hijos con su nueva madrastra y el nuevo integrante de la familia. Todos alegres y sonriendo en diferentes lugares del mundo. París, España, la Muralla China ¿Qué? ¿Fueron a Asia sin mí?

Luego, se ve a toda la familia salir de la casa en bicicleta. Mi marido lleva en su bici la sillita donde han paseado mis tres hijos cuando aún eran chiquitos. Se les ve alejarse y la música sube de volumen. Con esto termina la película, o más bien, el cortometraje y aparecen los créditos de nombres extraños. *Hijos de chingada, todos los creadores de esta marihuanada.*

Todo el mundo aplaude muy contento. ¿Quién chingados son estas personas raras que se metieron a ver la película de mi vida? Recuerdo que son limbantes. No tienen nada mejor que hacer que ir saltando de sala en sala viendo las vidas y muertes de todo el mundo. ¡Qué ociosidad! Esto es indignante. Consíganse un trabajo, ¡por el amor de Dios!

Me paro como resorte de mi butaca, no espero a que prendan las luces. Siento que el aire me falta y no puedo respirar. Tengo náuseas y me siento mareada.
Salgo corriendo por el pasillo y tomo el elevador. Al salir del Majestic, camino sin rumbo por la calle de Houston. Mi pulso sigue a mil por hora.

¿Acaso debería sentirme contenta? ¿Satisfecha de que mi familia salió adelante sin mí? ¿De que mi marido volvió a enamorarse y tuvo otro hijo con una nueva esposa? ¿Tendría que sentirme feliz porque ésta es una historia de amor, a pesar de todo?

Tal vez estos sentimientos pudieran brotar de Gandhi o del Dalai Lama, pero yo sólo siento el corazón oprimido y una furia que me carcome el cerebro.

No sé ni a dónde dirigirme. Siento que llevo una eternidad en este estado. Ahora puedo adivinar cómo se siente un limbante.

Ya cumplí con mis consignas ¿Y ahora qué sigue? El único lugar que se me ocurre ir es a la funeraria donde empezó todo este desmadre. Con el alma en el piso, me dirijo a ahí.

Entro de nuevo a la Sunset Funeral Home y me encuentro con la señorita bilingüe. Me reconoce y sonríe.

- Hola otra vez, señorita, oiga, ¿podría hacer una llamada? – pregunto.

La señorita asiente con la cabeza y me pasa el teléfono que está en su escritorio. Sólo hay una persona con la que quiero hablar.

- ¿Me podría comunicar con el señor Macario Vargas?

- El señor Vargas ya no trabaja aquí, señorita.

- Sí, pero usted tendrá su número, ¿no? Por favor, necesito hacerle una pregunta. Por favor hágame ese favor, es Thanksgiving.

La mujer duda un poco pero luego marca un número y me vuelve a pasar el auricular. Espero y escucho los tonos. **Macario... contesta por favor.**

- ¿Hello?

Siento una alegría tan grande de oír su voz que emito una pequeña risa y los ojos se me humedecen.

- ¡Macario! Soy yo.

- ¿Regina? ¡Hola! Qué gusto oírte, ¿cómo va todo?

- ¡Todo va muy mal, Macario! Ya cumplí con mis consignas. Ya fui a la pinche Función de Mañana. No sé a qué enfermo de la cabeza se le ocurrió ese pinche cine. Ya hice todo lo que tenía que hacer. ¡No quiero morirme tan pronto! ¡Por favor dime qué tengo que hacer para regresar el tiempo!

De pronto la carcajada de pulgoso de Macario se oye al otro lado del teléfono. Siento como las lágrimas se me escurren del coraje.

- Macario, no es de risa, ¡ayúdame!

- Regina, tú eres la escritora de esta novela, tú eres la enferma de la cabeza para tal caso. Tú puedes regresar el tiempo en el momento que se te dé la gana.

- ¿Cómo? ¿Así nomás? Pero ¿y las reglas del manual?

- ¡Son un invento tuyo! Tú puedes hacer lo que te plazca, a diferencia mía, que lamentablemente soy tan sólo un actor en esta obra, no soy el director. Yo sólo sigo tus instrucciones, por más estúpidas que sean. Por cierto, sigo esperando que mates a Sonia. En buen plan, llego a mi casa, y ahí sigue, vivita y coleando, limándose las uñas echadota en medio de mi cama. Puso una cara de terror cuando me vió, seguro que ella estaba feliz con mi desaparición.

- ¿Sonia? Macario, creéme que Sonia es lo último que me pasa por la cabeza en este momento.

- ¡Pues a mí no! así que deja de lloriquear, dimensiona tus problemas y dale prioridad a lo realmente importante en este momento que es matar a mi mujer.

- ¡Okey! – siento un alivio y con todo mi agradecimiento y voz entrecortada digo.- Gracias, Macario.

- Oye Regina y en tu vida real, deja de textear en el coche, ¡No friegues!

- Sí, créeme que eso...bueno, eso y convencer a mi marido de hacerse la vasectomía va a ser lo primerito que voy a hacer regresando. Oye Macario ¿Pero tú cómo supiste que iba texteando?

- Regina, TODO el mundo lo sabe, las muertes quedan registradas en el archivo público.

- ¡No inventes! ¡Qué vergüenza!

- Mira Regina, ya me tengo que ir, estoy preparando la clase para mañana. Vamos a empezar con Platón, mañana vemos El Mito de la Caverna. Macario suelta otra carcajada y luego cuelga el teléfono.

Cuelgo también y sonrío. Respiro profundo. Cierro los ojos y pienso en mi casa. Quiero regresar a mi casa. Quiero regresar a mi casa ahorita mismo. Me viene a la mente la escena de Dorothy en el Mago de Oz chocando los tacones de sus zapatillas de rubí diciendo: *There's No Place Like Home...There's no place like Home...*

¿Dios mío no puedes pensar en algo menos cursi para regresar a la realidad? Se me ocurre una idea un poco menos estúpida.

Regreso con la señorita y le pregunto si hay alguna computadora que pueda usar. Me dice que en los centros de transmutación hay pequeños business centers donde puede uno usar computadoras. No sé qué cara puse, pero de pronto se apiadó de mí y me dice que si es para revisar un correo rápidamente me presta la laptop de su oficina. Le hago saber que estoy realmente agradecida y que sin duda, voy a dejar un buen comentario si es que en la funeraria hay un buzón de Quejas y Sugerencias. Sólo me sonríe y me dice que con que termine en quince minutos basta porque ya tiene que cerrar. Le digo que desde luego que sí.

Me indica un pequeño cubículo de lo más sencillo donde hay tan sólo un escritorio, una laptop y un teléfono. ¡Perfecto! Me siento y prendo la computadora. Pico el ícono de la brujulita azul de Safari para meterme a Internet, me meto a la página de Outlook.com y abro mi correo electrónico. Veo el archivo que tantas veces abro al día que dice *"El día del Guajolote" (correcciones finales)*. Le doy una repasada de prisa a los capítulos de la novela que llevo escritos hasta ahora. Aún puedo ver algunas faltas de puntuación y errorcillos nuevos que no había visto...*¡Ahhh...esto es el cuento de nunca acabar!*

Con el mouse, me desplazo al cuarto capítulo, a aquél que le puse de título *El Pavo,* donde estoy en la cocina de mi casa comenzando a preparar la cena. Después de un punto y seguido en algún párrafo, comienzo a teclear lo primero que se me viene a la mente. Con esta simple acción, aniquilo para siempre la existencia virtual de Sunset Funeral Home, de las transmutaciones, de las consignas y de todo este embrollo en el que me enredé a mí y a todos mis personajes. Pongo punto final y se acabó.

Le puse fin a un universo con un simple "click". Me detengo a meditar esta idea ¡Qué sensación de poder más embriagante! Me sorprende que no haya muchos más escritores en el mundo.

Ya en mi casa, doy una repasadita general a las trescientas y pico de páginas. Cuando termino las correcciones del último capítulo y me siento satisfecha con ellas, inhalo profundo y retengo el aire en los pulmones unos segundos. Ahora sí, creo que ya está lista la novela. La idea es amenazante. Me dediqué a fantasear con esta novela durante todo un año, imaginé a los personajes, los vi tan reales que juro que hubiera sido natural que un día me los encontrara en la calle. Pensé en todo, pero curiosamente no había pensado en qué pasaría cuando la terminaría.

Trago saliva ¿Y ahora a en qué voy a ocupar la imaginación? ¿Me volveré a sentir con la náusea de estar estancada si no escribo otra cosa pronto? ¿Cómo recibirán esta novela los pocos lectores a las que les llegue?, ¿Serán terribles las críticas? Tal vez no sea el mejor momento de publicar. Tal vez necesite más correcciones.

Reconozco de inmediato al demonio del miedo hablando en mi cabeza. Intento recordar las palabras de Elizabeth Gilbert en su libro Big Magic: Si dejo que el miedo se apodere de mí y escribo pensando en darle gusto a un público, nunca haría nada original.

No puedo caer en la tentación de seguir aumentando capítulos porque sé que es una manera inconsciente de evadir el siguiente paso, donde dejas de ser el amo y señor de todo un mundo y pasas a ser el objeto de rechazo de innumerables editoriales. Pero todo tiene un principio y un final, incluso La Historia Sin Fin de Ende terminó en la página 448. Esta novela tiene que acabar ya.

Escribiré otras novelas, de eso estoy segura, también quiero pensar que habrá unas mucho mejores que ésta. Pensar que se ha creado ya la máxima obra en la vida es deprimente, significa que de ese punto en adelante cualquier cosa será inferior.

Por más que me guste esta novela, no la quiero coronar con un halo de soberbia. Pero a esta le tendré siempre un especial cariño. Me hizo reír, me regresó la curiosidad que el paso del tiempo me había anestesiado. Fue un deleite maquinarla, esculpirla, obsesionarme con ella todo un año, un verdadero deleite.

AHORA Sí, POR FIN

Antes de seguir con mi vida, no se me olvida que tengo un adeudo pendiente con uno de mis personajes.

Apago el horno donde el pavo ya está dorado y listo. Encuentro el folder llamado **Tareas Maestría 2002**, luego el folder con el nombre **Cuentos** para finalmente abrir el archivo **Macario Vargas.**

El pequeño cuento rápidamente se llena de más letras a una velocidad increíble. Con toda la parvada de emociones que traigo revoloteando, mato a la tal Sonia de una manera despiadada.

No me voy a meter en detalle porque esto es parte de otro cuento, pero "la secretaria" se corta las venas con unas tijeritas de uñas en la tina porque el profesor Macario, el amor de su vida, diagnosticado con licantropía clínica, dejó de quererla. Una gran tragedia.

Describo unas dos páginas narrando el aparatoso escenario de la sangre, las tijeras y el cuerpo inerte en la tina.

Sonrío mientras tecleo. Mi parte oscura no conoce el escrúpulo, le meto un humor negro y despiadado para que no se salga del estilo del cuento. Lo releo dos veces y quedo satisfecha. Le doy el botón de Guardar Archivo y con esto cierro la computadora.

- ¿Sigues escribiendo? Los invitados ya están en la entrada del fraccionamiento.

La voz de mi esposo me reconforta en medio tanta turbulencia de sentimientos. Doy un salto y lo abrazo con fuerza. El sonríe y me regresa el abrazo, permanecemos así unos segundos. Luego, le doy un beso apretado y me quito el delantal. Estoy realmente feliz de que me esté abrazando a mí y no a la estúpida güera zorra que le hacía la sopa de tortilla.

- ¿Y ahora tú?.- me pregunta riéndose.

- Nada, yo creo que ya terminé la novela.

- ¿En serio? ¿ahora sí ya se terminó?

Juan Manuel sonríe con su sonrisa grande, la que le sacó las patas de gallo que tanto me gustan.

Asiento con aire nostálgico. *Cést fini!* Me miro en el espejo, no me ha dado tiempo de arreglarme como hubiera querido, pero da igual.

La mesa está puesta, las velas encendidas.. *¡Ya llegaron los abuelos!* gritan mis hijos desde arriba y luego se oye una manada de caballos galopando cuando bajan las escaleras y se encuentran con mis papás, mi abuela y mis hermanos. Abrimos la puerta y entre abrazos y gritos nos saludamos a nuestra manera hispanamente escandalosa.

Al poco tiempo todos estamos sentados en el comedor. Traigo a la mesa el pavo en el platón que parece pesar una tonelada y mi familia aplaude y levanta sus copas de vino. Aspiro el vapor de los jugos horneados que me sube por la cara. ¿Será que este año otra vez se me secó un poco el pavo? ¿Lo habré dejado en el horno más minutos de lo que correspondía? Es probable.

La escritura es así, una distracción de la vida que nos aleja de hacer todo lo demás a la perfección. Pero cuando todos prueban ese primer bocado, nadie parece notar esos minutos que se pasó el pavo.

Y cuando dan gracias, lo hacen en voz alta, brindan por lo que tienen, por sus hijos, por los proyectos y logros de este año. Juan Manuel y yo hacemos chocar nuestras copas, brindamos en silencio porque finalmente vencí a mi monstruosa desidia y terminé la novela.

En mis adentros, yo brindo por la dichosa multa en la corte, que fue donde empezó todo, por Obdulia y por Macario, por Rosa y por el Tlacuache, por la quesadillera del Mercado, por Jonás Jiménez, por todos los limbantes. Brindo también por Sonia, que en su vida del más allá me la estará mentando, con toda la razón del mundo. *¡Salud a todos!*

¡Feliz día del Guajolote!

Agradecimientos:

Gracias a mi familia por todo su apoyo y las porras que me han echado, en especial a mi papá Ernesto, que ha sido mi mayor impulsor y promotor.

Gracias también a Fernanda Villela, a Paola Duhem y a Gabriela Fonseca por ser pacientes conmigo y por leer y releer *El Día del Guajolote* y señalarme los innumerables errores y dedazos que gracias a su buen ojo poco a poco fueron desapareciendo.

Made in the USA
Middletown, DE
26 October 2016